Literatura e Política

George Orwell

Literatura e Política

Jornalismo em tempos de guerra

Tradução:
Sérgio Lopes

Seleção e introdução à edição brasileira:
Arthur Ituassu
Professor de Relações Internacionais, PUC-Rio

Jorge ZAHAR Editor
Rio de Janeiro

Título original:
The Observer Years

Tradução autorizada da primeira edição inglesa,
publicada em 2003 por Atlantic Books,
de Londres, Inglaterra, em nome de Guardian Newspapers Ltd.
Atlantic Books é um selo de Grove Atlantic Ltd.

Jorge Zahar Editor Ltda.
rua México 31 sobreloja
20031-144 Rio de Janeiro, RJ
tel.: (21) 2108-0808 / fax: (21) 2108-0800
e-mail: jze@zahar.com.br
site: www.zahar.com.br

Capa: Sérgio Campante
Ilustração da capa: Orwell Archive, UCL Library Services, Special Collections

CIP-Brasil. Catalogação-na-fonte
Sindicato Nacional dos Editores de Livros, RJ.

Orwell, George, 1903-1950
G89L Literatura e política: jornalismo em tempos de guerra / George Orwell; tradução, Sérgio Lopes; seleção e introdução à edição brasileira, Arthur Ituassu. – Rio de Janeiro: Jorge Zahar Ed., 2006

Tradução: The Observer years
Textos escritos entre 1942 e 1949 para o jornal britânico The Observer
ISBN 85-7110-959-1

1. Orwell, George, 1903-1950 - Coletânea. 2. Literatura. 3. Ciência política. 4. Jornalismo. I. Ituassu, Arthur. II. The Observer. III. Título.

CDD 082
06-3744 CDU 081

Sumário

7 *Introdução à edição brasileira*
11 *Introdução à edição original*

Os Artigos

19 A vez da Índia
23 O espírito da época
25 No país de Darlan
31 Os fins e os meios
35 Cenas do cotidiano
39 Oito anos de guerra: memórias espanholas
42 Crianças desamparadas
45 Guarda Civil: lições para o futuro
48 Efeitos da ocupação do ponto de vista francês
53 O Partido Clerical pode ressurgir na França
57 De Gaulle pretende manter a Indochina
61 Ordenando o caos de Colônia
65 O futuro de uma Alemanha arruinada
68 Aliados enfrentam crise de alimentos na Alemanha
72 Camponeses bávaros ignoram a guerra
76 Os alemães ainda duvidam de nossa união
79 Diminui o interesse da França pela guerra
84 Políticos libertados voltam a Paris
87 O perigo da separação das zonas de ocupação
92 Obstáculos a um governo unificado na Alemanha
96 Destino incerto dos refugiados
99 Marx e a Rússia
103 A utopia de Oscar Wilde

As Resenhas

109 Um crítico americano
113 Retrato do general

116 Retrato de um viciado
119 A França não é só Paris
123 Revolta no deserto urbano
127 Espanha oculta
130 Na linha de fogo
133 Martelando as rodas
137 Povo escolhido
140 À beira do abismo
143 Velho mestre
146 Motivos de desalento
149 Casa de força
152 Aqui tudo se transforma
156 A ira divina
160 Inversões climáticas
164 Viagem de volta
168 A causa romântica
172 Milagres chineses
176 O poeta puritano
180 Novo mundo
184 O padre e o poeta
187 Numa prisão espanhola
191 Um poeta na escuridão
194 Um homem do mar
197 Farsa francesa
200 Charles, o grande
204 Horror e compaixão
207 Em fuga
210 Como ia dizendo
213 Por que a França caiu
216 Vá às formigas
219 "Mr. Sludge"
222 O dilema do escritor
224 A defesa da liberdade
226 A cultura e as classes

231 *Índice remissivo*

Introdução à edição brasileira

Arthur Ituassu

"Liberdade é escravidão", escreveu Winston Smith, prestes a capitular com o Partido, no romance antológico de George Orwell: *1984*. "Dois e dois são cinco."

> Capitulara; não havia dúvida. Na realidade, percebia agora que estivera pronto para capitular muito antes de tomar essa decisão. Desde o momento em que se encontrara no Ministério do Amor – e mesmo durante aqueles minutos em que ele e Júlia haviam esperado, inermes, as ordens da voz férrea da teletela – percebera a frivolidade, a inutilidade da sua tentativa de levantar-se contra o poder do Partido. Sabia agora que havia sete anos a Polícia do Pensamento o vigiava como quem examinava um besouro sob a lupa. Não havia ato físico, nenhuma palavra em voz alta, que não tivesse sido observado, nenhuma associação de idéias que não tivesse podido inferir ... Não podia mais lutar contra o Partido. Além disso, o Partido tinha razão. Devia ter: como poderia enganar-se o cérebro imortal coletivo? Por que padrão extra-sensório poderia medir seus raciocínios? A sanidade era estatística. Era apenas questão de aprender a pensar como o Partido.*

O trecho que descreve o alcance do poder centralizado sobre o pensamento reflete também o impacto político da obra de George Orwell. O escritor faz parte do rol seleto de autores que mescla política e literatura sem, com isso, cair na armadilha da

* Orwell, G. *1984*. Tradução de Wilson Velloso, 18ª ed. São Paulo, Ed. Nacional, 1984, p.257.

"arte engajada". A arte de Orwell é certamente engajada, mas isso não significa prejuízo para a arte, que assim não obedece ao pensamento político, mas, de fato, o constitui.

Os textos selecionados para esta coletânea foram escritos entre 1942 e 1948, quando Orwell trabalhou para o jornal britânico *Observer*. São os tempos da Segunda Guerra Mundial, e do embate entre os muitos "ismos" do século XX e da Era Moderna em geral: o fascismo, o nazismo, o comunismo, o capitalismo, o liberalismo, o anti-semitismo. Trata-se do terreno paradoxal do indivíduo e da coletividade, da liberdade e da mecanização, dos temas que são, ao mesmo tempo, objeto e produto da linguagem orwelliana.

Àquela altura, George Orwell já havia rompido com o seu passado, envergonhado que se tornara do Império Britânico, após presenciar a violência do colonialismo inglês na Birmânia.[*] Já havia trabalhado em Paris como operário. Havia também lutado na Guerra Civil Espanhola, ao lado dos anarquistas socialistas, juntando-se a partir de 1937 às fileiras do Partido Operário de Unificação Marxista.

No mesmo período, em 1944, terminaria o célebre *A revolução dos bichos*, uma crítica mordaz não só aos rumos que o comunismo havia tomado como a todo tipo de regime centralizado, fielmente representada na conhecida expressão: "Todos os animais são iguais mas alguns animais são mais iguais do que os outros."[**] Durante os três anos seguintes, escreveria o clássico *1984* — publicado em 1949, logo antes de sua morte aos 46 anos, com tuberculose —, um marco da alegoria moderna de supressão do indivíduo pela utopia coletiva, pelo controle centralizado da linguagem e, conseqüentemente, do poder.

[*] Sobre isso ver: Orwell, G. *Dias na Birmânia*. Rio de Janeiro, Nova Fronteira, 1984.

[**] Orwell, G. *A revolução dos bichos*, São Paulo, Abril Cultural, 1982, p.130.

Nos textos que compõem esta obra, uma seleção dentre os 100 artigos e resenhas que George Orwell escreveu para o *Observer*, o escritor perpassa os seus dois grandes temas: política e literatura. Dois caminhos que no pensamento orwelliano se cruzam num só, chamado arte.

A seleção foi feita com base em questões e obras (no caso das resenhas literárias) mais conhecidas do público brasileiro, ou que a este pudesse dizer algo. Como no caso da crítica ao belo, percebido pelo visitante estrangeiro na pobreza do Marrocos: "Exceto pelo clima, todos os aspectos que atraíam o turista dependiam efetivamente do fato de o rendimento de um ser humano médio estar em torno de um centavo de libra por hora", escreveu Orwell em "No país de Darlan" (p.25). Quantas vezes não nos pegamos tratando da mesma forma o semi-árido nordestino ou a luta pela sobrevivência dos povos africanos?

No terreno específico da política, por meio da linguagem, muitas vezes a crônica de Orwell se confunde com a realidade. "Bom senso e boa vontade não são suficientes; há também o problema da superação da vontade doentia e da ignorância invencível"(p.34), afirmou o autor em "Os fins e os meios", na crítica que faz aos liberais. "Em geral, o sentimento parece ser o de que a maior parte dos nossos problemas tem solução, mas que um misterioso e todo-poderoso 'eles' impedirá toda e qualquer ação" (p.36). "Há um hiato entre líderes e liderados, e a fatídica palavra 'eles' exaure a confiança e encoraja o individualismo anárquico" (p.38), escreveu em "Cenas do cotidiano", num desapontamento próprio (e bastante atual) com a política.

Como se provido de um poder vidente que ultrapassa fronteiras, ao se debruçar sobre a França do pós-guerra, Orwell chama a atenção para o "ressurgimento do clericanismo como força política" (p.54). Ao mesmo tempo, para o "recrudescimento da perspectiva nacionalista" e para a "atitude ambígua até mesmo dos comunistas e socialistas em relação ao imperialismo" em "De Gaulle pretende manter a Indochina" (p.59). Sobre as diferenças entre a democracia popular e liberal, dicotomia-chave para se entender os regimes sul-americanos no fim do século XX, Orwell atesta:

> Se democracia quer dizer governo popular, é um absurdo considerar a Inglaterra uma democracia. É uma plutocracia assombrada pelo fantasma do sistema de castas. No entanto, se democracia quer dizer uma sociedade na qual se pode ir, em segurança, ao pub mais próximo e expressar sua opinião real a respeito do governo, então a Inglaterra é uma democracia. (p.134)

Preocupado com a liberdade na utilização da linguagem, com os aspectos modernos do poder e a conseqüente incidência do totalitarismo, George Orwell alertou, em "Inversões climáticas", para o fato de que o "totalitarismo afeta o artista, e especialmente o escritor, mais intimamente que qualquer outra pessoa" (p.162).

A respeito de outro escritor, parece falar de si mesmo: "A muitos leitores, deve ter gerado a mesma impressão que Flaubert causou uma geração anterior e Joyce a uma posterior – a impressão de que ali havia um território mental que sempre se soubera existir, mas que jamais se imaginara residir no âmbito da ficção" (p.204).

Por meio de sua obra, George Orwell desvelou um território mental que sempre se soubera existir, mas que jamais se imaginara residir no contexto da política. Um território mental escondido pela neblina das ideologias totalizantes, pela obtusidade das utopias transformadoras e pelo conformismo da mecanização do homem e do pensamento – mas iluminado pela arte em forma de literatura.

Introdução à edição original

George Orwell escreveu seu primeiro artigo para o *Observer* em fevereiro de 1942. Sua relação com o periódico inglês, no entanto, começara quase um ano antes, ao conhecer David Astor, proprietário e futuro editor do jornal. A empatia foi imediata – Astor admirava a "absoluta franqueza, honestidade e decência" de Orwell –, e a íntima amizade entre os dois avalizou os artigos que o escritor redigiu para o *Observer* ao longo dos anos 1940.

Astor desejava modernizar o jornal que, conforme sentia, estava sufocado política e editorialmente nas mãos do editor J.L. Garvin, então demissionário. Com o intuito de fomentar debates, Astor introduziu uma coluna, a que chamou de "Fórum", e encarregou Orwell de inaugurá-la. Com um artigo pioneiro, "A vez da Índia" (p.19), Orwell defendeu radicalmente a independência da Índia, marcando a longa oposição do *Observer* ao colonialismo britânico, o que custou milhares de leitores a Astor, em especial quando ele mobilizou o jornal contra a campanha de Suez em 1956. Ironicamente, a primeira contribuição de Orwell para o *Observer* apareceu logo abaixo da última de Garvin, em 22 de fevereiro de 1942.

Cyril Connolly, velho amigo de Orwell e editor da seção de livros, encarregou-o de escrever uma série de resenhas sobre temas de sua predileção – Dickens (p.109), Birmânia (p.116), De Gaulle (p.113). Tudo ia bem até que o cauteloso editor Ivor Brown recusou um dos artigos mais radicais de Orwell, que, furioso, escreveu a Connolly, negando-se a colaborar em "jornais que não permitam... ao menos o mínimo de honestidade". Astor deve ter se esforçado para mantê-lo em sua ainda incipiente equipe, pois, embora continuasse a contribuir com artigos políticos, Orwell voltaria a colaborar na seção de livros somente um ano depois.

No *Observer*, escreveu sobre uma vasta gama de temas: da Guerra Civil Espanhola (p.39, 127, 187) à evacuação de crianças desamparadas (p.42) e ao socialismo de Oscar Wilde (p.103), e do anti-semitismo (p.137) à Guarda Civil britânica, da qual fora um membro diligente (p.45). Como a maior parte de sua produção jornalística, esses artigos eram produzidos em alta velocidade. Seu amigo George Woodcock espantava-se ao vê-lo escrevendo diretamente na máquina de escrever, sem emendas ou revisões. Ele acreditava que a fluência de Orwell explicava-se "na medida em que os seus textos estavam ligados à sua existência". Orwell "gostava de expor suas idéias em longos monólogos regados a xícaras de chá forte e cigarros de fumo preto, enrolados à mão, e, não muito mais tarde, podia-se ver a conversa da noite transformada num artigo".

Em novembro de 1943, Orwell passou a enviar quinzenalmente uma resenha de livros para o *Observer*, um padrão que se manteria até maio de 1946. Ao mesmo tempo, iniciava *A revolução dos bichos*, cuja elaboração se estenderia até o final de fevereiro de 1944. As críticas que escreveu durante esse período proporcionam um fascinante contraponto à realização dessa obra-prima. Tanto no romance quanto em seu jornalismo literário, lutou contra as contradições intrínsecas ao socialismo, que o levaram às duras conclusões que o isolaram igualmente da esquerda e da direita.

Orwell levou quase todo o ano de 1944 para encontrar um editor tão corajoso quanto ele. Victor Gollancz recusou *A revolução dos bichos*, pois o livro era muito hostil ao comunismo; em contrapartida, T.S. Eliot rejeitou-o, em nome da editora Faber, por ser-lhe muito complacente; e Jonathan Cape o reprovou a conselho de um amigo do Ministério da Informação, que acreditava que a fábula espelhava de modo muito acurado a dinâmica na União Soviética, então uma aliada crucial dos britânicos. Ao escrever a Orwell, Cape afirmou que "a escolha de porcos para representar a classe dominante sem dúvida ofenderá muitas pessoas; em particular aquelas um pouco mais suscetíveis, como, indubitavelmente, são os russos". À margem da carta, Orwell simplesmente anotou: "covardes"*.

No domingo seguinte, sua resposta a Cape apareceu na forma de uma resenha de livro – *The Sociology of Literary Taste*, de L.L. Schucking (p.160) –, na qual lamenta que os escritores estejam atrelados às "decisões arbitrárias dos editores". "De fato", afirma Orwell, "o 'senhor' está de volta, mas é um senhor imensamente menos civilizado, menos tolerante, menos humano e mais poderoso que o do passado". O senhor feudal "provavelmente não era mais duro que o dr. Goebbels, ou mesmo que o Ministério da Informação, e seu gosto literário era provavelmente melhor". Ironicamente, Peter Smollett, o contato de Cape no Ministério, seria, mais tarde, desmascarado como espião soviético. Por um tempo, ele havia sido a escolha preferencial de Astor para editar o *Observer*.

Em março de 1945, Orwell, enviado por Astor para cobrir o avanço aliado na Alemanha, ficou encantado ao descobrir o nome de Hemingway na lista de hóspedes de seu hotel em Paris e correu ao quarto do americano para se apresentar – como Eric Blair. Hemingway nunca ouvira falar dele. "Mas, afinal, que diabos você quer?", perguntou, acreditando que Orwell fosse apenas mais um correspondente inglês. Orwell insistiu: "Sou George Orwell"; ao que Hemingway prontamente respondeu com a materialização de uma garrafa de uísque, que saiu de debaixo da cama, e exclamou: "Por que diabos não disse logo?

* Do original "*balls*", que faz referência ao termo "coragem". [N.E.]

Tome! Sirva uma dose". Essa, porém, era a versão de Orwell. Segundo Hemingway, o inglês o procurou "claramente nervoso e preocupado" e pediu-lhe uma arma emprestada, uma vez que temia que os stalinistas estivessem à sua procura em meio à convulsão da Paris libertada. Hemingway assim teria lhe emprestado uma Colt calibre 32.

Orwell acompanhou os aliados até Colônia e encontrou-a devastada. "Após anos de guerra, é um sentimento demasiado estranho afinal pisar o solo alemão", escreveu em 24 de março (p.63). "A raça superior – *Herrenvolk* – está por toda parte, percorrendo o caminho em suas bicicletas, entre as pilhas de entulho ou lançando-se com jarros e baldes para cima do carro-pipa". Os relatos de Orwell deste período (p.48) demonstram plenamente seu espanto com o fato de que esse mundo, não menos real, a apenas poucos quilômetros de Londres, tenha ficado encoberto ao longo de seis anos pelo ódio e pela propaganda.

Em 29 de março, com o falecimento de Eileen, sua esposa, Orwell abandonou a campanha e retornou à Inglaterra para o funeral. Em casa, mergulhou no trabalho. Na edição de abril de 1946 da revista *Horizon*, publicou o ensaio "Politics and the English Language", no qual lamenta a condição do jornalismo contemporâneo e oferece alguns conselhos contundentes a todo aspirante a escritor: "Um homem pode entregar-se à bebida por se sentir um fracasso e, então, fracassar ainda mais porque bebe. Algo semelhante vem afetando a língua inglesa. Ela se torna feia e imprecisa porque nossos pensamentos são tolos, porém o desleixo de nossa língua nos deixa mais propensos a tais pensamentos". Astor distribuía uma cópia desse ensaio a todo novo colaborador do *Observer*. Ainda hoje, o texto é citado no manual de estilo da casa. A parte referente à bebida jamais causou muito impacto, mas a crítica de Orwell à linguagem desleixada ainda é levada muito a sério.

Astor sempre recorreu aos conselhos e à companhia de Orwell e sempre lhe ofereceu apoio pessoal e profissional. Quando sua saúde piorou, o escritor refugiou-se em Jura, uma das ilhas Hébridas no noroeste da Escócia, onde Astor tinha uma propriedade. Quando, abatido pela tuberculose, decidiu casar-se em seu leito no University College Hospital, foi Astor quem providenciou a licença do Palácio de Lambeth*. E, quando Orwell morreu, alguns meses depois, Astor encontrou-lhe um túmulo na vila de Sutton Courtenay, em Oxfordshire.

Tudo que Orwell escreveu para o *Observer* ele o fez para Astor, estabelecendo um caminho por meio dos tumultuosos anos 1940 e ajudando a fixar a voz anticolonialista e socialmente compromissada do jornal. Escreveu exatos 100 artigos para o *Observer*, 58 dos quais se encontram aqui reunidos. Tristes, furiosos, às vezes severos, mas, em geral, penetrantes, todos revelam a combinação orwelliana entre ideais grandiosos e uma dolorosa autoconsciência. "Ao examinar sua própria mente, quem você seria, Dom Quixote ou Sancho Pança?", indagou certa vez. "Quase certamente os dois". Foi a tensão entre esses dois pólos, a síntese entre o idealismo e o cinismo, que deu a Orwell sua energia peculiar e que tanto fez para determinar o caráter do *Observer* de Astor.

Jonathan Heawood,
The Observer

* Residência oficial do arcebispo de Canterbury, localizado em Lambeth, na margem Sul do Tâmisa, nas proximidades do Palácio de Westminster. O termo é utilizado aqui em referência à Igreja anglicana.

Parte I

Os Artigos

(1942-48)

A vez da Índia

Ao LONGO DAS DEZ SEMANAS mais sombrias de nossa história nacional e imperial uma verdadeira novidade que passou quase despercebida ao público britânico foi o tratado firmado entre a Inglaterra e a Abissínia*. Embora possa ser alvo de várias críticas, o tratado comprova a legitimidade da alegação britânica de que esteja lutando pela decência internacional. Os italianos anexaram a Abissínia após uma covarde guerra de agressão, e os ingleses lutaram para libertá-la: a inferência é suficientemente óbvia.

No entanto, na Ásia, dada nossa atual política, o valor de propaganda do tratado da Abissínia é duvidoso, ou ainda pior, enquanto a propaganda pan-asiática japonesa, um tênue disfarce para propósitos obviamente predatórios, avança por todo o continente asiático, até mesmo entre pessoas que dificilmente se deixariam enganar por ela.

No que concerne à Ásia, talvez não haja outra resposta à propaganda japonesa, senão os triunfos militares. A Índia, contudo, é uma outra questão, e justamente aquelas forças indianas que mais hostilizaram nossa autoridade imperial são agora nossos potenciais aliados contra o Japão ou qualquer outra agressão fascista.

Até mesmo os menos instruídos compreendem que o avanço japonês é uma ameaça às aspirações indianas por independên-

* O acordo anglo-etíope de 1942 conferiu a condição de Estado soberano à Etiópia e determinou que a Inglaterra, embora mantivesse algum controle administrativo, auxiliasse na criação de um aparato estatal.

cia e, de mais a mais, praticamente todos os mais talentosos e ativos intelectuais indianos são simpáticos à China e à Rússia Soviética. Ainda assim é evidente o progresso da propaganda japonesa. Que resposta podemos oferecer ao clamor japonês de "Ásia para os asiáticos"? Somente que esses clamores são mentirosos e que o jugo japonês seria pior que o nosso. Embora pouco inspiradora, é essa a verdade. De positivo, nada prometemos, nem oferecemos qualquer perspectiva de futuro. Dificilmente será uma surpresa se as classes mais pobres argumentarem que não estariam em pior condição sob o domínio japonês do que estão agora; e setores da *intelligentsia* estão tão cegos pelo ódio à Inglaterra que estão quase dispostos a trair a Rússia e a China.

Entretanto a Índia, a segunda maior concentração populacional do mundo, não participa ativamente da guerra. O número de tropas reunidas até agora é relativamente pequeno, e a produção de guerra é desprezível. Essa seria uma questão preocupante, ainda que a situação pudesse se normalizar na Ásia, no entanto, com a marinha japonesa no Oceano Pacífico e as tropas alemãs ameaçando o Oriente Médio, a Índia transforma-se no centro da guerra – e, pode-se afirmar sem exageros, no centro do mundo. Por muito tempo ainda, anos talvez, ela mantenha sua atuação como base de abastecimento a partir da qual homens e munições de guerra possam ser despachados nas duas direções, leste e oeste.

Como esse enorme esforço se tornará possível? É evidente que precisamos conquistar o entusiasmo do povo indiano; sua obediência passiva não é suficiente. E o único meio seguro para despertar esse entusiasmo é convencê-los de que a independência da Índia é possível se a Inglaterra vencer a guerra e impossível se o Japão a vencer. Isso não se faz com promessas nem com frases de efeito sobre liberdade e democracia; faz-se com gestos concretos e inequívocos de generosidade, com a cessão de algo que mais tarde não seja tomado de volta. O tratado abissínio apontava para essa direção. Foi um gesto único, que não pode ser imitado por nossos inimigos e que pode se repetir em uma escala maior, na Índia.

Em linhas gerais, o que se deve implementar na Índia é agora bem conhecido. Primeiro, deve-se conceder à Índia a imediata condição de Domínio, com direito, se assim desejar, à independência após a guerra. Segundo, deve-se convidar imediatamente os líderes dos principais partidos políticos para formarem um Governo Nacional, que permaneça no poder durante o período da guerra. Terceiro, deve-se permitir que a Índia se alie militarmente à Inglaterra e a nossos outros aliados. Em quarto lugar, deve-se estabelecer um acordo comercial que permita a troca de mercadorias necessárias e a justa proteção dos interesses britânicos, limitado a um determinado número de anos após o final da guerra.

Esse plano parece menos utópico agora do que o era há um ou dois anos. Há óbvias dificuldades para sua execução – a rivalidade entre hindus e muçulmanos é a mais óbvia –, mas a ameaça de um ataque externo torna este o momento propício para superá-las. Tanto a China quanto a URSS acolheriam de bom grado um acordo com algumas dessas diretivas; e o mesmo se daria com o grosso da opinião pública norte-americana. Nossa situação na Índia a torna um dos alvos mais fáceis aos isolacionistas. Acima de tudo, com tal acordo, conteríamos, de uma vez por todas, o ímpeto da propaganda do Eixo. Auxiliando a China e libertando a Índia, usurparíamos o lema "Ásia para os asiáticos" para empregá-lo em nosso próprio benefício e o converteríamos de mentira em algo mais próximo da realidade.

Aprendemos com os eventos na Malaia* – ou ao menos deveríamos ter aprendido – que nada conceder é tudo perder. O

* Antigo protetorado britânico no Sul da Ásia, hoje parte da atual Malásia. [N.E.]

que se infere dos tratados com a Abissínia e com o Irã é que um gesto de generosidade feito no momento certo pode substituir uma relação essencialmente insatisfatória por uma verdadeira parceria.

8 DE MARÇO DE 1942

O espírito da época

EM NENHUM OUTRO MOMENTO, desde 1940, o povo inglês mostrou-se tão apreensivo como agora, e, desta vez, não há bombardeios e – ao que parece – nenhuma invasão iminente para gerar tal inquietação.

Frustrados devido às contínuas derrotas militares, os ingleses exasperam-se com o mercado negro e com o caos que se abateu sobre o seu sistema de produção e demonstram, quiçá pela primeira vez na história recente do país, algum interesse pela problemática indiana. Estão ansiosos por uma reforma do Exército e por uma definição mais clara dos objetivos da guerra – acima de tudo, anseiam pela pronta demonstração de que o novo governo representa uma guinada política, e não uma mera mudança de pessoal.

Talvez se possa apontar, com o intuito de resumir em uma única frase o sentimento prevalecente, a seguinte declaração: "Que se garanta a democracia". As demandas concretas que se devem enfrentar em todas as áreas são apenas os sintomas de uma moléstia mais profunda. O público em geral não é capaz de deliberar sobre os detalhes da política e talvez tenha consciência de sua incapacidade. Mas o que de fato sabe, ou sente no âmago, é que a Grã-Bretanha está presa em demasiado ao passado e a um sistema social antiquado. Sente que há mais desperdício, mais desigualdade econômica, mais entraves à inteligência, mais nepotismo e mais privilégios que uma nação em guerra há dois anos pode suportar.

As reformas no governo e, acima de tudo, a inclusão de sir Stafford Cripps [um proeminente socialista-marxista, pacifista e crítico de Churchill] acalentaram esperanças que podem se revelar excessivas. Mesmo aqueles usualmente pouco afeitos à política sentem que este é o momento da virada. Se necessário, estão preparados para as mudanças mais amplas e para os mais árduos sacrifícios. Se o próximo passo do governo visivelmente conduzir a uma democracia mais efetiva, a massa o seguirá, sem se incomodar demais com as privações que se estendem pelo caminho.

No país de Darlan

ANTES DA GUERRA, O MARROCOS FRANCÊS, assim como boa parte da África setentrional, vivia parcialmente de seu cenário pitoresco, que, afinal de contas, remete à pobreza. Exceto pelo clima, todos os aspectos que atraíam o turista dependiam efetivamente do fato de o rendimento de um ser humano médio estar em torno de um centavo de libra por hora.

O que há de mais notável no Marrocos é sua miséria. Dos 7 milhões de habitantes, a maior parte é formada por camponeses, que cultivam um solo praticamente desértico. Ao longo da costa do Atlântico, há um faixa de terra fértil onde milhões de toneladas de trigo são cultivadas anualmente, mas tudo pertence a uma corporação francesa que trabalha em regime de empreita. O camponês árabe revolve o solo ressequido com um arado primitivo, atrelado a uma vaca e a um burro, e cultiva sementes de cevada e alfafa infestadas de ervas daninhas.

Por alguns meses, há chuvas esparsas e, então, os leitos dos rios engrossam, a relva verdeja e os miseráveis animais domésticos engordam um pouco. Todavia, no restante do ano, a água é suficientemente preciosa para ser motivo de contendas e assassinatos. Como nos tempos bíblicos, limites de terra são adulterados e córregos subitamente desviados em meio à noite. Parte do problema deve-se à falta de árvores.

Há tâmaras e romãs e, nos pomares dos assentamentos franceses, laranjas e olivas. Porém, exceto pelas montanhas do Atlas, não há quaisquer árvores selvagens. Esse é o resultado de centenas de anos de pastoreio de cabras. Mesmo no Atlas, tão parcamente povoado, onde se encontram florestas de carvalhos e abetos, as encostas ao redor de cada vilarejo são estéreis como escarpas vulcânicas, graças às cabras.

Árabes e franceses

O Marrocos difere da maioria das colônias francesas, uma vez que apenas recentemente foi conquistado (a luta se encerrou apenas em 1934), e a influência cultural francesa praticamente não o tocou.

Pouquíssimos árabes marroquinos falam francês, senão numa variedade de pidgin* bárbaro. No campo da educação, os franceses pouco fizeram – não há universidades, nem uma classe social que corresponda à *intelligentsia* anglófila do Egito ou da Índia. Em 1939, não havia, em mãos árabes, imprensa em língua vernácula ou francesa, nem qualquer movimento nacionalista digno de nota. As relações sociais entre franceses e árabes é complicada devido à grande proximidade entre o Marrocos e a Europa. Excelentes rodovias seguem da costa mediterrânea em direção ao deserto, cruzando o Atlas, e, no bistrô à beira da estrada, o caminhoneiro francês, trazendo consigo a atmosfera de Marselha, dispõe-se a sentar igualmente ao lado de um árabe ou de um europeu.

Em Casablanca, há um vasto proletariado francês com seus baixos salários e, em toda parte, há pequenos comerciantes e lojistas vivendo entre os árabes, mas reproduzindo a vida da Fran-

* Pidgin, segundo o *Houaiss*: língua compósita, nascida do contato entre falantes de inglês, francês, espanhol, português etc. com falantes dos idiomas da Índia, da África e das Américas, servindo apenas como segunda língua para fins limitados. [N.E.]

ça provinciana do melhor modo possível. Por outro lado, a comunidade de negócios, a burocracia e os oficiais militares vivem aristocraticamente, à moda anglo-indiana, e há uma propensão geral para tratar os árabes tal qual crianças – encantadoras, mas travessas. Todos se tratam informalmente e os jornais se referem a eles condescendentemente como "*les indigènes*" ("os nativos"). Mas o fato de a classe trabalhadora francesa ter pouco preconceito racial – de modo que os recrutas franceses não se importam de partilhar o alojamento com as tropas africanas – contribui para uma atmosfera amigável e, sem dúvida, desempenhou um papel importante em abafar qualquer sentimento nacionalista.

Credos políticos

Há cerca de 200 mil europeus no Marrocos e, embora alguns sejam de origem hispânica, todos empregam a língua francesa. Desde 1940, a poucos ingleses se permitiu visitar o país, e, portanto, as considerações sobre quaisquer desenvolvimentos políticos subseqüentes é mera suposição, mas, de todo modo, em 1939, o ponto de vista predominante entre os europeus era semifascista. A devoção da imprensa local estendia-se de Daladier a Doriot*, e os semanários fascistas *Gringoire*, *Candide*, *Je Suis Partout*, e todos os demais, estavam à venda em toda parte. Os partidos de esquerda não tinham base de apoio, mesmo em Casablanca. Durante a crise de Munique, a apatia e o cinismo geral, mesmo entre oficiais militares, eram extremamente impressionantes. O

* Edouard Daladier foi um socialista radical e premiê francês de 1938 a 1940; Jacques Doriot foi um comunista francês que, posteriormente, combateu a Alemanha durante a Segunda Guerra Mundial.

anti-semitismo era comum, embora os judeus marroquinos, que vivem em comunidades auto-suficientes e são, primordialmente, reles artesãos, não representem qualquer problema efetivo. Algum sentimento nacionalista pode também ter aumentado entre os árabes em decorrência da derrota francesa e do conseqüente declínio no prestígio francês.

Agora o Marrocos está sob o controle das Nações Unidas, que não parecem enfrentar dificuldades para governá-lo, isto é: prevenir rebeliões. Os franceses conseguiram governá-lo com sucesso com o auxílio do sultão títere, que já passou para o nosso lado. Porém, saber se o Marrocos participará ativamente da guerra é uma outra questão, irrespondível durante o interregno político. No momento, parece que conseguimos assegurar o almirante Darlan*, e, se isso significa que garantimos o regime existente, então o Marrocos continuará a ser o que sempre foi – estagnado, feudal e desesperadamente miserável. As necessidades do país a longo prazo são suficientemente óbvias. Precisa de mais árvores, mais irrigação, melhores métodos agrícolas, melhores linhagens de animais, mais escolas, mais hospitais. Tudo isso demanda capital estrangeiro e, inevitavelmente, proteção estrangeira, pois um país fraco e atrasado como o Marrocos não pode ser verdadeiramente independente.

Seria, no entanto, uma grande lástima se uma política positiva de curto prazo, capaz de alinhar conosco os árabes, não puder ser efetivada. A rodovia e a ferrovia que vão de Casablanca a Túnis nos proporcionam uma rota muito mais segura do que tivemos até o momento, e, na pior das hipóteses, o domínio sobre Casablanca compensa, em parte, a perda de Gibraltar. Ape-

* Almirante Jean François Darlan foi o Alto Comandante da África setentrional francesa durante a Segunda Guerra Mundial.

sar de sua miséria, o Marrocos pode exportar inúmeros e valiosos gêneros alimentícios, e, se necessário, poderia produzir também ao menos cem mil soldados da mais alta qualidade. Em tempo de paz, a força do Exército colonial era composta por cinqüenta mil homens, dos quais talvez a metade era árabe. Os marroquinos eram antigos voluntários, ao contrário dos argelinos e senegaleses, que, por não terem cidadania francesa, não estavam sujeitos ao alistamento. O equipamento dessas tropas era e provavelmente ainda é obsoleto; porém, como material humano, seria difícil derrotá-las.

Parece improvável, no entanto, que o Marrocos participe ativamente do esforço de guerra, a menos que esta se torne significativa do ponto de vista árabe. Basicamente, é uma questão de restituição econômica. A exploração francesa no Marrocos não foi particularmente gritante, mas, de qualquer maneira, continua sendo exploração, e qualquer árabe consciencioso deve inteirar-se disso. Praticamente todo o solo fértil do país, e todas as indústrias modernas, estão em mãos estrangeiras.

"Profundas mudanças"

De mais a mais, se a Líbia italiana for conquistada e alguns assentamentos razoavelmente generosos ali se estabelecerem, isso irá repercutir entre os árabes ocidentais. As mais aviltantes injustiças poderiam ser suprimidas sem afetar o pequeno colono francês, embora não sem, de fato, ir de encontro aos grandes interesses capitalistas. Para que os árabes se aliem a nós, temos que lhes prometer a autonomia ou um padrão de vida mais elevado – quiçá ambos. E há também a classe trabalhadora francesa local, cujos interesses são aproximadamente os mesmos dos árabes. Parece improvável que as autoridades francesas existentes, que tão precipitadamente asseguramos, conduzam um programa de reformas legítimo. É certo, porém, que, no Marrocos, como em muitos outros países, grande parte da população não estará ou não poderá estar ativamente ao nosso lado, a menos que estejamos dispostos a empreender profundas mudanças no *status quo*.

Os fins e os meios

CONHECER OS FINS E RECONHECER OS MEIOS de alcançá-los são dois processos mentais distintos que muito raramente se combinam em um só indivíduo. Em geral, os pensadores políticos dividem-se em duas categorias: o utópico, que tem a cabeça nas nuvens, e o realista, que mantém os pés no chão. A despeito da argúcia que o levou à criação da *Picture Post* no exato momento em que surgira tal demanda, Edward Hulton* ajusta-se melhor à primeira categoria e, de fato, é mais hábil para apontar os objetivos desejáveis, em vez de analisar o cenário político real.

No geral, o novo mundo almejado por Hulton é também o que todo ser humano sensível deseja, embora Hulton esteja inclinado a ignorar a comparativa impotência desses mesmos homens. Ao longo de seu livro, intitulado *The New Age* (George Allen & Unwin, 7s. 6d.), as frases "nós precisamos", "nós deveríamos", "o governo precisa", "o governo deveria" se repetem sucessivamente na abordagem de todos os temas – de política externa a planejamento urbano e de finanças à reforma educacional –, partindo da premissa implícita de que, se "nós" sabemos o que "nós" desejamos, "nós" alcançaremos. Mas há também a premissa da classe trabalhadora de que "eles" (a elite) invariavelmente impedirão que se alcance o que se almeja e,

* Edward Hulton foi editor da pioneira revista de fotojornalismo *Picture Post*, produzida entre 1938 e 1957.

embora isso seja, em geral, extremamente pessimista, contém uma grande dose de verdade.

Hulton faz pouco uso do socialismo ortodoxo, e particularmente da doutrina marxista. É bem verdade que o marxismo, na forma em que usualmente é pregado, faz uma falsa estimativa do equilíbrio de forças, porém mantém em vista a verdade fundamental de que "onde se encontra o tesouro, ali também se encontra o coração". As mudanças sociais que Hulton deseja unicamente reduziriam o poder e o privilégio de alguns poucos, mas esses poucos não se demovem facilmente, e ademais não se instruem, pois, como Marx adequadamente assinalou, o homem rico não somente se apegará ao seu patrimônio, mas construirá filosofias que justifiquem sua atitude.

Se Hulton, no entanto, tem seus pontos obscuros, sua audácia e generosidade mais do que os compensam. Durante cinco anos, ele agiu como catalisador da opinião pública, e o que escreve é quase sempre estimulante, mesmo quando disparatado. Nenhuma sociedade logrou conciliar muitos dos pontos que defende, porém o costumeiro pensador de nosso tempo instintivamente sente que estes são compatíveis. Hulton defende um mundo de fartura, uma vida simples, uma economia planejada, a liberdade individual, uma federação européia, a autonomia local, a democracia sem uniformidade e religião sem dogma.

Embora definitivamente deva ser classificado como "esquerdista", ele não crê na luta de classes, nem acredita que a nacionalização seja a cura para todos os males; acha que os governantes britânicos têm suas razões e não é notavelmente antiimperialista. A imundície e o atraso da Inglaterra contemporânea, seus métodos injustos de fazer negócios, seu culto à estupidez, seu campo devastado, sua tristeza (Hulton é marcadamente antipuritano) o enchem de considerável fúria. No entanto, ele tem uma crença mística no destino do país e está quase certo de que a Inglaterra será a suprema influência da Europa ocidental pós-guerra. De forma levemente velada, ele é pró-Rússia e igualmente – talvez esse seja apenas um fenômeno temporário, decorrente de eventos recentes – antiamericano.

Atualmente, isso resume o ponto de vista de alguns milhões de jovens, cientes de que os atuais males do mundo são largamente desnecessários, e de que Hulton prestou um grande serviço, tanto aqui quanto no *Picture Post*, ao agir como uma espécie de *Brains Trust**, liderado por um homem só. A mais significativa qualidade de seu pensamento é o fato de ser genuinamente antitotalitário e não respeitar qualquer tipo de ortodoxia. Na busca por soluções, ele oscila rápida e espirituosamente entre democracia e aristocracia, socialismo e reforma cambial, federalismo e imperialismo, cooperativas de consumidores e trabalho compulsório, movimentos juvenis e, inclusive – tentativamente –, poligamia. Não restam dúvidas de que, com sua abordagem eclética, está mais próximo da verdade do que lograria caso se apegasse a algum "ismo" obsoleto.

Contra a corrente conservadora, defende que a "austeridade fiscal" é um absurdo, o privilégio de classe, indefensável, e a soberania nacional, um anacronismo. Contra a socialista, alega que a luta de classes está ultrapassada, o hedonismo é perigoso, e o pacifismo uma ilusão. Acima de tudo, insiste na necessidade de uma decência comum e do abandono do maquiavelismo praticado pelos políticos e defendido por intelectuais. Como afirmação daquilo que uma pessoa comum e decente com menos de 50 anos *almeja*, seu livro é oportuno e não é tão insípido como sua apressada e desleixada escrita dá a entender. Simplesmente, como

* Transmitido pela primeira vez em 1941, *The Brains Trust*, foi o precursor do programa *Any Questions* da rádio BBC.

a maior parte dos liberais, ele subestima o abismo existente entre os fins e os meios.

Hulton talvez pudesse, afinal, aprender algo das doutrinas que levianamente descarta. No momento, há uma lacuna em seu arcabouço intelectual. Bom senso e boa vontade não são suficientes; há também o problema da superação da vontade doentia e da ignorância invencível. Hulton prestaria a todos nós um serviço caso voltasse sua mente diligente e curiosa para esse problema.

Cenas do cotidiano

Os levantamentos feitos pelo Mass Observation* desde o início da guerra revelaram muitos sentimentos distintos. Entretanto, quase todos sugeriram que a Inglaterra sofre mais devido à falta – do que ao excesso – de governo. Cada novo registro revelou a acumulada boa vontade do povo inglês, mas pouca liderança positiva foi-lhe oferecida. Os ingleses sabem contra o que estão lutando, mas não lhes foi claramente dito *pelo* que guerreiam ou como, possivelmente, será o mundo no pós-guerra. A nova pesquisa**, como muitas outras antes, alerta que paciência e confiança têm limites.

Embora especificamente preocupados com a desmobilização, os questionários abordam igualmente o regresso ao mercado de trabalho e a reconstrução. Revelam não apenas um cinismo muito difundido acerca do "pós-guerra", mas também uma surpreendente hesitação. Assim, quando, em novembro de 1943, questionou-se a um determinado segmento da população "se o governo havia anunciado alguma política de reconstrução no pós-guerra", apenas 16% achavam que sim. Dois anos antes, esse número era maior. Mais inquietante é o retorno ao estado de espírito de 1918. Muitos estão convencidos de que "será exatamente igual à última vez" e, na medida em que suas memórias

* Órgão de pesquisa social inglês, criado em 1937.

** The Journey Home [A volta ao lar], do Mass Observation (editado por John Murray, para o Advertising Service Guild).

sobre a última vez não são agradáveis, os efeitos morais são potencialmente nocivos.

A descrença no futuro é particularmente forte em meio às forças armadas e às equipes da Defesa Civil. Os soldados (isso é um tanto menos evidente nos serviços femininos) desejam, acima de tudo, abandonar o uniforme logo ao final da guerra, e muitos até mesmo acreditam que haverá um grande descontentamento se a desmobilização não for imediata. Embora cientes de que o processo de desmobilização seja complicado, eles não acreditam que será feito de modo justo e inteligente (as lembranças da "última vez" constituem, neste ponto, um encargo pesado) e, mais preocupante, não têm idéia clara de quanto tempo demandará. Enquanto isso, muitos soldados acalentam um sonho particular de que, individualmente, de algum modo, serão capazes de se livrar da farda ao fim dos combates. Os possíveis efeitos de semelhantes fatos no imediato pós-guerra são óbvios e somente serão contidos com um anúncio do governo, que esclareça ao público exatamente quanto tempo se espera que o Exército permaneça mobilizado e por quê.

O mesmo vale para as condições de trabalho no pós-guerra. De acordo com as descobertas do Mass Observation, há ainda uma maioria que aguarda uma escalada do desemprego após a guerra – outra herança da "última vez". Ao mesmo tempo, há uma consciência crescente de que o desemprego é um mal desnecessário. Talvez seja significativo que o número de pessoas que aguardam o retorno do desemprego não tenha se alterado significativamente ao longo de vários anos: não há uma crença forte de que nosso sistema econômico sofra alterações radicais. Em geral, o sentimento parece ser o de que a maior parte dos nossos problemas tem solução, mas que um misterioso e todo-poderoso "eles" impedirá toda e qualquer ação. O resultado é uma apatia crescente e uma determinação – obviamente acentuada pela absoluta fadiga, à medida que a guerra se alonga – de parar e descansar assim que as armas se calarem.

Como sinal da generalizada falta de confiança no futuro, em 1943, numa amostragem aleatória de londrinos, 46% acreditavam que, após esta, haveria uma outra guerra, e 19% achavam ser menos provável, mas não impossível. A maioria desses pensava que essa nova guerra ocorreria dentro de 25 anos. A fé em todos os principais partidos políticos declinou, e há um anseio confuso por uma liderança mais vigorosa, aliada a uma democracia mais genuína.

No entanto, vê-se na forma como enfrentam as restrições decorrentes da guerra a disposição das pessoas a esforços e sacrifícios, quando lhes é apresentada uma boa razão. Praticamente todas as privações são prontamente aceitas: até mesmo a retirada de pão branco foi aprovada por uma maioria de 80%. Medidas mais drásticas, não efetivamente postas em vigor, seriam de um modo geral aceitas. Por exemplo, o Mass Observation revelou que 90% apóiam o controle estatal das indústrias de base, e 75% a nacionalização das minas.

As restrições, por si sós, são bem-vindas, por promoverem um efeito igualitário. No geral, sempre que o governo atua de forma positiva e declarada, inclusive quando toma algo da população, as pessoas parecem reagir. Certos eventos, como o atraso na implementação do Plano Beveridge* ou, mesmo, a libertação de Mosley**, abalaram profundamente a confiança do público,

* Publicado em 1942, o Social Insurance and allied service. The Beveridge report in brief [O Plano Beveridge: relatório sobre o seguro social e serviços afins], do economista inglês William Beveridge, levou à constituição do Estado de bem-estar social britânico. [N.T.]

** Com a eclosão da Segunda Guerra Mundial, o líder fascista inglês, sir Oswald Mosley (1896-1980), ficou sob a custódia do Estado britânico e seria libertado apenas em 1943. [N.T.]

mas é o fracasso em explicar, em apresentar uma visão do futuro, que aparentemente causa os maiores estragos.

É lamentável que grande parte do trabalho feito pelo Mass Observation seja financiado por um órgão privado que, naturalmente, deseja relatórios apenas sobre um limitado leque de temas. A presente pesquisa tem uma grave omissão: não fez qualquer referência à guerra contra o Japão. O tema da desmobilização torna-se complicado pelo fato de que o Japão certamente continuará a resistir, talvez por anos, após a Alemanha ser derrotada. No entanto, as principais conclusões alcançadas pelos pesquisadores dificilmente podem ser questionadas.

A consciência política expandiu-se grandemente durante a guerra, enquanto a confiança na liderança existente encolheu. A crença de que uma reconstrução planejada é possível aumentou, enquanto a de que ela é *provável* nada avançou. Há um hiato entre líderes e liderados, e a fatídica palavra "eles" exaure a confiança e encoraja o individualismo anárquico. É importante que este hiato seja superado antes do final da guerra. Pois, como os pesquisadores apontam, será necessário um esforço tão grande para garantir a paz quanto para vencer a guerra, e as pessoas podem acovardar-se diante disso, a menos que tenham uma noção mais exata que a atual sobre seu próprio destino.

Oito anos de guerra: memórias espanholas

Na próxima sexta-feira, completam-se oito anos do início da Guerra Civil Espanhola, o abre-alas da luta atual e, a um só tempo, um dos mais trágicos e sórdidos eventos que a Europa moderna testemunhou.

As deliberações sobre a guerra espanhola desenrolaram-se fora da Espanha, e, ao completar um ano, os observadores realistas puderam ver que o governo eleito não poderia vencer, a menos que houvesse alguma mudança radical no panorama europeu. No primeiro período da guerra, que durou menos de um ano, a luta foi essencialmente entre os soldados profissionais de Franco e os mouros de um lado, contra as improvisadas milícias de camponeses e operários de outro.

Nesse período, as honras eram quase equivalentes, e nenhum objetivo de mais importância mudou de mãos.

Franco, no entanto, era apoiado em grande escala pelas potências do Eixo, enquanto o governo espanhol recebia apenas esporádicas doações de armas da União Soviética, além da ajuda de poucos milhares de voluntários estrangeiros, a maior parte de refugiados alemães. Em junho de 1937, com a derrocada da resistência basca, o equilíbrio de forças pendeu pesadamente contra o governo.

Início da fome

Nesse ínterim, no entanto, o governo havia sufocado a desordem revolucionária dos primeiros dias, minimizado as lutas entre as várias facções, e treinado suas forças incipientes. No início de 1938, exibia um Exército formidável, apto para lutar enquanto durassem os suprimentos, por um ano ou mais.

Negrín* e outras lideranças da Espanha governista possivelmente perceberam que não poderiam vencer à custa de seus próprios esforços, mas perseveraram na luta, uma vez que o panorama político na Europa ainda poderia mudar. A guerra mundial que obviamente se aproximava poderia irromper ainda em 1938; e o governo britânico poderia abandonar sua política de não-intervenção.

Nenhum desses eventos aconteceu, e, ao final de 1938, a ajuda russa cessou. A Espanha governista, que há muito passava fome, agora se encontrava definitivamente famélica.

À medida que as forças fascistas cruzavam a Catalunha, hordas de refugiados acorriam à França, metralhadas por aviões italianos e confinadas atrás de arames farpados tão logo ali chegavam.

No princípio de 1939, Franco conquistou Madri e desfrutou de sua vitória com extrema crueldade. Todos os partidos políticos de esquerda foram suprimidos, e inúmeras pessoas executadas ou encarceradas. Se verdadeiros os últimos relatos, meio milhão de pessoas ou 2% da população da Espanha ainda se encontram em campos de concentração.

A intervenção do Eixo

Essa é uma história repulsiva, devido ao sórdido comportamento das grandes potências e à indiferença do mundo em geral. Os alemães e os italianos intervieram a fim de esmagar a democracia

* Juan Negrín (1894-1956), acadêmico e último primeiro-ministro da Segunda República Espanhola, foi destituído do poder pelo general Francisco Franco em 1939. [N.T.]

espanhola, ocupar um ponto estratégico para a guerra que se aproxima e, incidentalmente, testar seus bombardeiros em populações desamparadas.

Os russos distribuíram uma pequena quantidade de armas e, em troca, extorquiram o máximo de controle político. Os ingleses e os franceses simplesmente fizeram vista grossa, à medida que seus inimigos triunfavam e seus amigos eram destruídos. A reação inglesa é a mais imperdoável, porque foi igualmente estúpida e desonrosa.

Desde o início, tornou-se claro que qualquer país estrangeiro que fornecesse armas ao governo espanhol controlaria ou, ao menos, influenciaria a política governamental. Em vez disso, a Inglaterra preferiu garantir que Hitler e Franco saíssem vitoriosos, e, ao mesmo tempo, que a afeição e a gratidão do povo espanhol se voltassem para a Rússia, e não para a Inglaterra.

A ajuda soviética

Por um ano ou mais, o governo espanhol esteve efetivamente sob controle russo, em grande medida por ser a Rússia o único país que correu para ajudar. O crescimento do Partido Comunista Espanhol – de alguns poucos milhares para 250 mil – foi resultado da ação dos conservadores ingleses.

Há uma forte tendência a encobrir esses fatos e, até mesmo, a apontar a "não-beligerância" hostil de Franco como um triunfo da diplomacia britânica. No entanto, a verdadeira história da guerra espanhola deveria ser sempre lembrada como uma prova concreta da insensatez e da perversidade das políticas de poder. Nada, de fato, redime essa história, exceto a coragem dos combatentes de ambos os lados e a determinação da população civil da Espanha legalista, que, por anos a fio, suportou fome e miséria, que não chegamos a conhecer nem nos piores momentos da guerra.

Crianças desamparadas

Branch Street, um valoroso trabalho de sociologia recém-publicado pela Allen and Unwin, da autora austríaca Marie Paneth, trouxe à luz alguns fatos surpreendentes sobre as condições dos bolsões de miséria ainda existentes aqui e ali no coração de Londres.

Há quase dois anos, Paneth vem trabalhando num centro de recreação infantil, numa rua cuja localização decidiu ocultar sob o nome de Branch Street. Embora não muito distante do centro de Londres, é uma vizinhança "perniciosa". Está claro em suas descrições que a autora, ao pisar ali pela primeira vez, viu crianças apenas um pouco menos que selvagens. Na realidade, elas tinham casas precárias, mas se assemelhavam, em comportamento, a tropas de "crianças selvagens" que surgiram como uma conseqüência da guerra civil russa. Não apenas eram todas sujas, maltrapilhas, subnutridas e inacreditavelmente obscenas em linguagem e devassas em aparência, como também ladras e tão intratáveis quanto animais selvagens.

Algumas meninas eram comparativamente mais sociáveis; os meninos, porém, simplesmente despedaçavam o centro de recreação vezes sem fim; ocasionalmente, invadiam o local à noite, forçando a entrada, para fazer um trabalho mais completo e, às vezes, era até mesmo perigoso para um adulto aventurar-se sozinho entre eles.

Conquistando sua confiança

Um longo tempo transcorreu até que essa senhora gentil, de cabelos grisalhos e sotaque acentuadamente estrangeiro, ganhasse a confiança das crianças. Tomou por princípio jamais confrontá-las, quando pudesse evitar, e jamais permitir que pensassem que podiam chocá-la. No final, isso parece ter funcionado, embora não sem algumas experiências bastante desagradáveis. Paneth acredita que esse tipo de criança, a quem falta uma vida familiar adequada e que considera os adultos como inimigos, é melhor tratado com base nos princípios "libertários" desenvolvidos por Homer Lane*, A. S. Neill** e outros.

Embora não seja uma psicóloga profissional, Paneth é casada com um médico e já fez esse tipo de trabalho antes. Durante a última guerra, trabalhou num hospital infantil em Viena e depois num centro de recreação em Berlim. Ela descreve as crianças de "Branch Street" como as piores que encontrou em qualquer país. Mas, falando como uma observadora estrangeira, acredita que praticamente todas as crianças inglesas apresentam certos traços que as redimem. Ela menciona a devoção que até mesmo as piores crianças demonstram ao cuidar de um irmão ou irmã menor.

É igualmente interessante saber que estas crianças semi-selvagens, que nada vêem de errado em roubar e fugir assim que avistam um policial, são todas profundamente patrióticas e entusiasmadas admiradoras de Churchill.

---

* Jonathan Homer Lane (1819-1880), psicanalista norte-americano, foi superintendente da Little Commonwealth, uma escola reformatório autogerida pelos internos. [N.T.]

** Alexander Sutherland Neill (1883-1973), educador britânico, fundou a Summerhill School, em Suffolk, Inglaterra, na qual pôs em prática suas idéias de uma educação libertária. [N.T.]

Recanto esquecido

Torna-se evidente, a partir do relato de Paneth, que a "Branch Street" é simplesmente um recanto esquecido do século XIX, incrustado numa área comparativamente mais próspera da cidade. Ela não acredita que as condições nas quais as crianças vivem agravaram-se com a guerra. (Incidentalmente, uma vez que várias tentativas de evacuar essas crianças fracassaram, recai sobre elas o rótulo de "desabrigadas".)

É impossível conversar com a autora ou ler esse livro sem imaginar quantos mais desses bolsões de devassidão existem em Londres e em outras grandes cidades. Paneth manteve contato com algumas das crianças que estiveram anteriormente sob seus cuidados e que agora estão trabalhando. Com a educação que receberam, elas não têm chance de conseguir um trabalho promissor nem, via de regra, capacidade de encontrar um trabalho fixo. Na melhor das hipóteses, encontram alguma ocupação sem futuro. É mais provável, no entanto, que terminem no crime ou na prostituição.

A surpresa que esse livro causou em muitas regiões da cidade é um sinal de quão pouco ainda é conhecido do submundo da vida londrina. Sanearam-se os enormes cortiços que existiam em tempos recentes, mas, em um nível mais baixo, há obviamente muito a ser feito. Paneth ficou espantada e gratificada ao ver que seu livro, que lança uma luz muito desfavorável sobre este país, não tenha recebido qualquer crítica hostil.

Provavelmente, esse é um sinal de que a opinião pública está ficando mais sensível ao problema das crianças desamparadas. De qualquer forma, seria difícil ler o livro sem expressar admiração pela autora, que realizou um valoroso trabalho de educação, com grande coragem e infinita paciência.

Entretanto, "Branch Street" ainda existe, e continuará a criar crianças selvagens e desesperançadas até que seja abolida e reconstruída, junto com outras ruas que apresentem a mesma atmosfera.

Guarda Civil: lições para o futuro

Agora que o perigo de qualquer tentativa séria de invasão alemã obviamente passou, a Guarda Civil pode ser desmobilizada com segurança, e se torna possível observar suas atividades em perspectiva e até mesmo extrair algumas lições gerais sobre forças irregulares do Exército.

Não sabemos como a Guarda Civil lutaria se tivesse sido solicitada: quase certamente teria causado uma boa impressão de si mesma em qualquer momento depois de 1941, e teria dado um considerável trabalho até mesmo em 1940. Da forma como as coisas se desenrolaram, suas funções foram meramente preventivas e, posto que sua existência ajudou a fazer os alemães pensarem duas vezes acerca da invasão, gerou inestimáveis dividendos com custos muito baixos para toda a comunidade. Vale a pena refletir sobre a quantidade de trabalho extra que pode ser exigido com segurança dos cidadãos de um Estado democrático, sem coerção efetiva e praticamente sem remuneração.

Um praça comum da Guarda Civil que agora está se aposentando, após quatro anos de serviço, terá certamente despendido não menos que 1.200 horas de seu tempo livre: é mais provável que seja algo em torno de 4 mil horas, ou muito mais no caso de um oficial. Ao longo desses quatro anos, os soldos pagos por serviços prestados à guarda somaram cerca de £85.

Instrução de recrutas

De outro modo, ele teria custado à comunidade nada além de seu uniforme, uma certa quantidade de munição, o desgaste das armas, o aluguel de poucos prédios e os salários de alguns poucos instrutores do Exército regular. E, somando-se a isso, durante o terceiro e quarto anos de sua existência, a Guarda Civil ofereceu um treinamento preliminar valioso a dezenas de milhares de jovens que, posteriormente, integrariam as forças regulares.

Mais importante, sintomaticamente, que o baixo custo de um Exército desse tipo é seu caráter voluntário. A convocação foi introduzida depois de aproximadamente dois anos, mas, possivelmente, seu propósito era arregimentar recrutas mais jovens, não sendo estritamente necessária para a manutenção do contingente. Entre um e dois milhões de homens foram reunidos de forma voluntária. De mais a mais, no começo, a disciplina assentava-se inteiramente na boa vontade. Oficiais e NCOs [oficiais não-comissionados] não tinham qualquer poder de coerção. Mais tarde, penalidades legais foram introduzidas para absenteísmo e indisciplina, mas eram substitutos muito frágeis para as punições militares, e eram aplicadas apenas em poucos casos. Havia muitas unidades nas quais nenhuma execução foi jamais instituída, e alguns comandantes anunciaram, desde o princípio, que não tinham a intenção de fazer uso de seus poderes legais.

Se alguém perguntar: "O que manteve coesa a Guarda Civil?", a resposta pode ser apenas: "Os alemães". Por trás disso, encontrava-se simplesmente a idéia de defender seu próprio território e, em grande medida, a Guarda foi incapaz, ao longo de seus quatro anos, de desenvolver qualquer matiz político. Recrutas estrangeiros salientavam com surpresa que participavam de preleções sobre técnicas militares, mas de nenhuma sobre as origens da guerra. O patriotismo herdado ou cedo adquirido do qual a Guarda Civil dependia não é necessariamente inesgotável, até mesmo na Grã-Bretanha, e é possível assinalar formas em que uma força desse tipo poderia provavelmente tornar-se mais efetiva se fosse outra vez necessária.

Sintoma político

Resumidamente, tal força deveria ser, e poderia ser, mais democrática e mais consciente sobre as motivações da guerra. Deveria ser mais consciente de seus próprios objetivos, tanto militares quanto políticos. Desde o princípio, a Guarda Civil sofreu de uma incerteza acerca do fato de que seria uma força de guerrilha ou um complemento do Exército regular. Do mesmo modo, teria sido mais democrático e eficiente se houvesse um contingente de tropas com remuneração proporcionalmente mais alta. Na ausência de instrutores profissionais, os postos comissionados eram freqüentemente preenchidos por pessoas com rendimentos consideravelmente maiores, de tal forma que a Guarda Civil espelhava a estrutura de classe existente de um modo mais exato que o Exército regular. Na circunstância de uma invasão estrangeira, esses fatos poderiam representar fraquezas consideráveis. Mas todas são remediáveis e, enquanto isso, a Guarda Civil cumpriu seu papel, tanto como uma força militar quanto como um sintoma político. Nenhum Estado autoritário ousaria distribuir armas tão livremente.

Efeitos da ocupação do ponto de vista francês

Um pensamento político diferente

Paris, 3 de março

A visita do ministro do Exterior francês, M. Bloault, a Londres ainda é entusiasticamente debatida, e, por trás das calorosas demonstrações da amizade entre a França e a Inglaterra, pode-se perceber em parte da imprensa uma tímida apreensão sobre a provável atitude britânica acerca da questão da fronteira do Reno.

Entretanto, pelo que se pode captar a partir de conversas casuais, os franceses ainda se encontram um tanto às escuras em relação a certos aspectos da opinião pública inglesa. Os dois povos tiveram um desenvolvimento político completamente distinto ao longo de cinco anos, e sua futura relação será possivelmente mais auspiciosa se os pontos de desavença vierem à tona o mais breve possível.

Algo que intriga um recém-chegado é o fato de que praticamente todo francês tem uma atitude mais contundente em relação à Alemanha, se comparado à quase maioria dos ingleses. Fiquei ainda mais impressionado com isso em conversas reservadas que na leitura de jornais e isso se aplica não apenas aos comunistas e a todos os seguidores de De Gaulle, mas também aos socialistas e aos integrantes dos grupos de resistência de esquerda.

Há, é certo, variações individuais, mas aparentemente não há um francês sequer que não pressuponha que as necessidades mínimas para sua segurança são o desmembramento da Alemanha, o desmantelamento de sua indústria de guerra, pesadas reparações, trabalho forçado e uma ocupação militar no país por um longo período de tempo.

O desaparecimento do pacifismo

Seria difícil de avaliar a situação real na França mesmo se as comunicações internas fossem melhores. Algumas das principais forças não operam às claras. Inimigos irreconciliáveis observam uma trégua temporária, a imprensa é tímida e muitas pessoas se tornaram apáticas devido às privações.

Mas, no que diz respeito às minorias articuladas, o efeito da ocupação parece ter sido um recrudescimento do pensamento político e o desaparecimento de várias correntes antes vistas como progressistas. O pacifismo, por exemplo, parece ter desaparecido por completo. Não somente alguns líderes pacifistas se depreciaram com o colaboracionismo, mas parece universal o desejo de ver a França ressurgir, tão logo possível, como uma grande força militar e com um enorme Exército mecanizado.

Os setores ultra-esquerdistas, que não eram de modo algum negligenciáveis na França pré-guerra, também parecem ter desaparecido. Alguns grupos trotskistas ainda conseguem garantir sua existência e publicar um jornal ilegal, mas eles evidentemente têm pouca influência. A associação de idéias Exército-pátria-glória parece ter se restabelecido numa dimensão surpreendente quando lembramos que, há pouco mais de uma década, os esquerdistas franceses julgavam adequado denunciar o Tratado de Versalhes como uma iniqüidade e cobrir de ofensas figuras como Foch e Clemenceau.

A propaganda antiimperialista saiu de cena. A afirmação feita por De Gaulle de que a Indochina, uma vez libertada, integraria mais intimamente o Império francês, sem interferência de potências externas, foi recebida sem comentários.

Preocupação com a taxa de natalidade

Outro fenômeno, não estritamente político, mas sintomático da mudança na mentalidade reinante, é a ampla preocupação com os níveis da taxa de natalidade francesa. Jornais e revistas de esquerda trazem artigos discutindo a melhor maneira de encorajar a maternidade e lamentando a prática deliberada de limitar a família – uma atitude claramente justificável, mas que seria considerada reacionária há apenas alguns anos.

Uma vez que, a longo prazo, a imposição de uma diretriz política depende dos cidadãos comuns, a presente divergência entre o pensamento político reinante na França e na Inglaterra é perigosa. De um certo modo, a França está politicamente à esquerda da Inglaterra. As classes governantes estão largamente desacreditadas e, por outro lado, há comparativamente pouca oposição declarada a projetos como a nacionalização das principais indústrias.

No entanto, as idéias internacionalistas e humanitárias, que já se acreditou serem inseparáveis do socialismo, regrediram, e o respeito pela democracia provavelmente enfraqueceu. Isso não ocorreu em igual medida na Inglaterra e o fato deve ser esclarecido ao povo francês. Em particular, deve-se esclarecer que o público inglês muito dificilmente, em qualquer prazo de tempo, apoiará uma ocupação pacífica, que pareça ser vingativa, e certamente não apoiará qualquer política que acarrete uma ocupação militar permanente.

Por outro lado, nós mesmos devemos fazer um esforço mais amplo para compreender o ponto de vista francês.

Não importa com quem se converse neste país, logo há o confronto com um mesmo fato – os ingleses não sabem o que significa ter o país ocupado.

Mobilizados pela "purgação"

É impossível, por exemplo, discutir a "purgação" sem nos recordarmos do que se trata. [Ver também a página 82, adiante.]

As pessoas que anseiam por ver a "purgação" em pleno vigor – e algumas dizem abertamente acreditar que são necessárias milhares de execuções – não são reacionárias nem necessariamente comunistas; podem ser pessoas sensíveis e zelosas, cujos antecedentes são liberais, socialistas ou apolíticos.

As objeções sempre recebem a mesma resposta: "É diferente para vocês na Inglaterra. Vocês podem fazer as coisas pacificamente, pois não há uma cisão real no país. Aqui temos que lidar com verdadeiros traidores. Não é seguro permitir que vivam." O mesmo se dá em relação à Alemanha. Um francês altamente inteligente, ao rebater minha sugestão de que uma Alemanha democrática pode surgir com a queda de Hitler, me disse: "Não é uma questão de vingança. Simplesmente, depois de tê-los aqui por quatro anos, tenho grande dificuldade em acreditar que os alemães sejam pessoas como vocês".

Alguns observadores acreditam que o pensamento francês atual, de tendência um tanto chauvinista, é um sintoma superficial e que muitas outras correntes se apresentarão quando a guerra for vencida de vez.

No entanto, quaisquer divergências que tenham existido, seja na alta política ou na opinião pública, não parece haver na França qualquer sentimento antibritânico.

A julgar por Paris, a França nunca foi tão anglófila e recebem-se muitos cumprimentos constrangedores a respeito da luta solitária empreendida pela Inglaterra em 1940 e da conduta "*très correct*" dos relativamente poucos soldados britânicos que são vistos pelas ruas.

O Partido Clerical pode ressurgir na França

Controvérsia educacional

Paris, 10 de março

Durante esta semana, Paris debateu um pôster amarelo que apareceu por toda a cidade na última terça-feira e que ostentava um título que pode ser traduzido como "Secularismo x Unidade Nacional".

Era anônimo, mas obviamente provinha da imprensa católica e incitava à demonstração pública contra a intolerância anticlerical.

A referência era claramente a alguns comentários feitos por um orador comunista na Assembléia sobre a questão dos subsídios estatais para as escolas católicas. A quantidade de opiniões pessoais, bem como alguns comentários cuidadosos, mas cáusticos, na imprensa, demonstra a importância do tema.

No que se refere à educação, a controvérsia entre clericais e anticlericais é muito semelhante àquela que recentemente ocorreu na Inglaterra. Sob a Terceira República, a educação foi secularizada. A instrução religiosa nas escolas estatais era voluntária, e embora as escolas "particulares" (o que significa, na grande maioria dos casos, escolas católicas) pudessem existir, não recebiam qualquer incentivo estatal.

Subsídio escolar

O governo Pétain introduziu a instrução religiosa compulsória e subsidiou as escolas particulares no valor de 500 milhões de francos por ano. Agora parece, ou ao menos é uma crença generalizada, que o governo provisório pretende dar continuidade a esse acordo. Não houve qualquer comunicado oficial com esse propósito, mas, em todo caso, não se desmentiu o orador comunista que se referiu à continuidade do subsídio na Assembléia.

Os católicos apresentam o mesmo argumento que seus correligionários na Inglaterra, i. e., que eles pagam taxas que ajudam a manter as escolas estatais e, conseqüentemente, que a ajuda do Estado às escolas católicas é um ato elementar de justiça. No entanto, o tema não é meramente educacional. Os católicos agora detêm uma imprensa ampla e razoavelmente vigorosa, tanto diária quanto semanal, e alguns observadores esperam, num futuro próximo, o ressurgimento do clericalismo como força política.

A importância crucial disso no momento atual é que as mulheres agora têm direito ao voto. A Igreja acolhe mais mulheres que homens entre os seguidores e a aparição de qualquer partido que pudesse se identificar como o Partido da Igreja seria, do ponto de vista da esquerda, um sério desdobramento.

A Igreja negligenciada

A intolerância sectária sempre foi mais impetuosa na França que na Inglaterra, mesmo quando nenhum tema político óbvio estava envolvido. Claramente, uma razão é que, na França, a Reforma fracassou. Não apenas o protestantismo há muito desapareceu como força política, como jamais se desenvolveram ali as inúmeras gradações de credos que existem na Inglaterra e que promovem a tolerância e permitem a sobrevivência da Igreja estabelecida. Na França, ou se era católico ou nada, e apesar de, neste momento, os bispos, generais, comunistas e socialistas estarem constrangidamente unidos, ninguém imagina que haja uma verdadeira camaradagem entre eles.

Durante um longo período, um grande número de pessoas na França esteve inteiramente fora da órbita da Igreja – muitas preferem ser sepultadas sem qualquer ritual religioso. Algumas leis da Terceira República, por exemplo, eram provocativamente anticlericais. Nos partidos políticos de esquerda, a descrença religiosa era praticamente obrigatória e figuras como o falecido arcebispo de Canterbury ou o falecido George Lansbury* dificilmente se encaixariam na cena política francesa.

A ocupação sepultou esse quadro temporariamente, porque a distinção entre os integrantes da resistência e os colaboradores era, em parte, uma distinção de caráter e sobrepujava as desavenças políticas. Era verdade que o regime de Pétain extraía grande parte de seu apoio da Igreja, e integrantes da hierarquia eclesiástica fizeram-se apologistas dos alemães, mas não se poderia afirmar que um católico era, por si só, um colaborador ou um pró-facista.

Protesto comunista

Católicos de toda parte integraram o movimento de resistência e o próprio De Gaulle, o símbolo vivo do espírito de luta francês, era católico. Nem mesmo a imprensa católica, nos primeiros dias após a libertação, adotou qualquer linha independente. Agora,

* George Lansbury, líder do Partido do Trabalho (1932-35), era um cristão comprometido.

no entanto, tem-se a impressão de que a antiga luta entre clericais e anticlericais pode ser reaberta.

Talvez seja significativo que o primeiro protesto contra a continuidade do subsídio tenha vindo de um membro comunista da Assembléia.

Embora jamais tenha conseguido superar as desconfianças da Igreja, o Partido Comunista foi, ao longo de grande parte da última década, o menos anticlerical dos partidos de esquerda. Quando o perigo representado pela Alemanha nazista tornou-se evidente, os comunistas viram que, se possível, deveriam chegar a um acordo com os católicos, e se empenharam para fazê-lo.

Foi em 1936 que Maurice Thorez* cunhou a frase "Nós estendemos nossa mão aos camaradas católicos" e a mesma frase se repetiu – agora com um ar levemente ameaçador – nos jornais comunistas dessa semana. Durante grande parte do período de intervenção, a mão permaneceu estendida, mas o tão esperado cumprimento jamais se concretizou.

Outros tópicos muito discutidos nas últimas semanas foram: a tentativa de os deputados que votaram em Pétain de reassumirem o poder; a campanha do Partido Social Francês (o partido semifascista de La Rocque) pelo reconhecimento de sua legalidade; o surgimento de vários novos jornais de tendência notadamente conservadora; e vários escândalos, que nem sempre aparecem impressos, ligados à purgação.

Estes periódicos geralmente falam da indicação de algum notório colaborador para um cargo importante. Dessa miscelânea, cada um deve traçar o próprio quadro, que, no entanto, parece apontar para uma mesma direção: o desgaste da aliança surreal do período de libertação e o ressurgimento de várias forças políticas que dominavam a França antes da guerra.

* Maurice Thorez, político comunista francês de 1920-64.

De Gaulle pretende manter a Indochina

Mas o francês está indiferente ao Império

PARIS, 17 DE MARÇO

O RECENTE PRONUNCIAMENTO radiofônico do general De Gaulle acerca da luta na Indochina despertou muita discussão, e os jornais o publicaram na íntegra, com manchetes grandes, embora muitas vezes sem tecer comentários.

Sua declaração anterior sobre o tema, há algumas poucas semanas, passou praticamente despercebida, mas a presente crise levou muitas pessoas a falar, mais uma vez, sobre o problema parcialmente esquecido das colônias francesas.

A transmissão incluía um tributo caloroso à corajosa luta empreendida pelas tropas francesas e indochinesas, e incluía também a costumeira crítica implícita à Inglaterra e aos Estados Unidos, porém seu principal objetivo era evidentemente enfatizar a importância do papel da França ao fim da guerra. De Gaulle é um ótimo combatente para não perceber, melhor do que a maioria de seus conterrâneos, que a posição das mais remotas colônias francesas será precária mesmo após a derrota do Japão, e, indubitavelmente, lhe parece uma boa política fazer a maior reivindicação possível na futura vitória no Pacífico.

Parte do que disse foi exagerado e enganoso, e antes já fizera semelhantes declarações, precisamente porque o francês médio apenas esporadicamente demonstra interesse pela política imperial.

Uma mente não-imperialista

Isso tem sido particularmente verdadeiro desde a libertação. Exceto quando algo violento ocorre, os territórios franceses de além-mar dificilmente encontram espaço na imprensa francesa. Somente folheando periódicos muito obscuros pode-se descobrir, por exemplo, que, na Argélia e no Marrocos, o aparato administrativo de Vichy ainda está funcionando plenamente, e a imprensa socialista e comunista local luta por sua sobrevivência frente a jornais subsidiados, de viés reacionário.

No entanto, mesmo quando os assuntos internos eram menos prementes, a palavra "império" nunca despertou as mesmas fortes emoções, seja pró ou contra, na França, como ocorre na Inglaterra.

Na Inglaterra, a tradição antiimperialista do Partido Trabalhista, herdada do antigo Partido Liberal, é, sem dúvida, parcialmente hipócrita, porém existe e, de certa forma, influencia a política.

Na França, mesmo antes do desastre de 1940, sempre foi notável que os partidos de esquerda tivessem tão pouco a dizer sobre este assunto. Sem dúvida isso se deve, em parte, ao fato de os franceses, como os estrangeiros, tenderem a generalizar muito livremente acerca da admirável ausência de preconceito racial na própria França.

Deve-se considerar, no entanto, os efeitos psicológicos da derrota, que deixou uma marca muito profunda no pensamento político francês, mesmo nos círculos mais à esquerda.

Desejo de grandeza

É curioso que aqui haja tão pouca consciência da dependência estratégica que o império francês tem de outras potências. Largas porções desse território seriam indefensáveis sem a ajuda norte-americana ou britânica, e, em particular, a Indochina dificilmente permanecerá sob possessão francesa sem a anuência chinesa.

Não se vêem confissões dessa sorte nos periódicos ou em discursos públicos, embora os franceses conscienciosos possam fazê-las em particular. Aparentemente, é mais doloroso ter que admitir, na França, que Madagascar está sob a órbita britânica do que admitir, na Inglaterra, que a Jamaica está sob a órbita norte-americana.

O choque da derrota naturalmente induziu em quase todos um desejo de grandeza, e pode-se ver o resultado no modo pouco realista pelo qual as questões estratégicas são discutidas.

Isso pode ser visto também na tendência geral de atribuir a derrota de 1940 primordialmente, embora não em sua totalidade, à traição deliberada. É significativo que a imprensa geralmente se refira a Pétain [presidente da França durante o regime Vichy] como Pétain-Bazaine, associando-o, portanto, a outro grande bode expiatório da história francesa.

Possivelmente, nenhuma diferença faria ao resultado da guerra de 1870 se o desprezível Bazaine tivesse resistido em Metz por mais seis semanas, mas um traidor identificável no qual se pudesse pôr a culpa era, sem dúvida, necessário para recobrar o orgulho nacional. O recrudescimento da perspectiva nacionalista, produto da derrota, está muito marcado na França de hoje, e a atitude ambígua até mesmo dos comunistas e socialistas em relação ao imperialismo é um sintoma disso.

Desenvolvimento econômico

De Gaulle não fez, até agora, qualquer declaração mais abrangente sobre a política imperial. Daquilo que disse até agora, percebe-se que o seu pensamento parece voltar-se mais em direção a um vigoroso desenvolvimento econômico, e à melhoria dos padrões de vida das populações coloniais, em vez de orientar-se para uma ampliação do autogoverno.

Um jornal, referindo-se ao seu pronunciamento de quarta-feira, afirmou auspiciosamente que De Gaulle prometera "um novo status" para a Indochina, mas o texto radiofônico não parece corroborar com isso. De fato, seus vários pronunciamentos sobre o tema, se algum significado têm, assinalam que ele pretende manter a Indochina dentro do império francês e, tanto quanto possível, em iguais condições.

Seu discurso despertou grande interesse, mas, como sempre, não recebeu qualquer crítica genuína na imprensa. É um sintoma do estado atual da imprensa francesa que sequer um jornal tenha ressaltado que esse era um problema sobre o qual a China poderia ter algo a dizer.

Na verdade, estes tópicos não são, normalmente, discutidos na imprensa diária, mas em pequenos semanários combativos, cujas páginas são, freqüentemente, substituídas por espaços em branco, com uma única e sombria palavra, "censura".

Maquis na Indochina

Um maqui francês [Movimento de Resistência] foi organizado, segundo a Reuters, atrás das linhas japonesas na Indochina. Sua resistência à ocupação japonesa é endossada pelo governo francês provisório. O tamanho da assistência que os aliados podem oferecer de fora é incerto, no entanto, uma pequena missão militar francesa, sob o comando do general Blaisot, foi temporariamente destacada para o QG do *South East Asia Command* [Seac – Comando do Sudeste Asiático] do lorde Mountbatten.

Ordenando o caos de Colônia

Água em carros-pipas

Colônia, 24 de março

Há ainda 100 mil alemães vivendo entre as ruínas de Colônia. A maioria deles, no entanto, vive nos subúrbios, onde casas habitáveis são comparativamente comuns.

Toda a zona central da cidade, outrora famosa por suas igrejas românicas e pelos seus museus, encontra-se simplesmente submersa em um caos de paredes despedaçadas, bondes revirados, estátuas dilaceradas e enormes pilhas de pneus transpassadas por vigas de ferro, tal galhos de ruibarbo.

Quando os norte-americanos entraram pela primeira vez, muitas ruas estavam praticamente intransitáveis até que as escavadeiras as limpassem. A cidade não tem água encanada, gás, transporte, e apenas luz suficiente para certos trabalhos essenciais, tais como manter os fornos elétricos de algumas poucas padarias em funcionamento. No entanto, os alemães parecem ainda ter bons estoques de comida, e o governo militar – na região, uma preocupação puramente norte-americana – está conduzindo o trabalho de reorganização com energia digna de louvor.

Organizou um suprimento primitivo de água em carros-pipas, estabeleceu um serviço de saúde, está editando um jornal semanal em alemão e está a meio caminho do considerável trabalho de novamente registrar e colher as impressões digitais de toda a população. Essa é uma tarefa preliminar necessária à edição dos novos livros de racionamento, e também ajuda um pouco na importante tarefa de separar os nazistas dos não-nazistas.

Nos dois primeiros dias da ocupação, houve saques em larga escala por parte da população, e foi obviamente necessário arregimentar uma polícia civil. Sob o comando de um experiente oficial de polícia norte-americano, um força organizada às pressas de cerca de 150 alemães, desarmados e à paisana, já está em ação. Em relação a esses e todos os outros funcionários do governo militar, utiliza-se o princípio de jamais empregar, em qualquer âmbito, um notório nazista.

Um bom começo

O novo chefe de polícia, por exemplo, é um judeu, que ocupara o mesmo posto antes de 1933, quando os nazistas o destituíram. Três cortes distintas foram estabelecidas para julgar crimes, de espionagem a infrações de trânsito. Compareci à primeira sessão da corte intermediária, que lida com ofensas comparativamente sérias e tem poderes para imputar penas de até dez anos de prisão. Um jovem nazista de aparência desagradável, que fora o secretário social da Juventude Hitlerista, estava sendo julgado, não por ter pertencido a essa organização – o governo militar declarou que integrar uma organização nazista não consiste por si só uma ofensa –, mas por ocultar o fato e tentar esconder das autoridades norte-americanas a lista de seus integrantes. Ele foi sentenciado a sete anos de prisão e uma multa de 10 mil marcos, com um dia extra de encarceramento para cada marco não pago.

Isso pareceria demasiado severo se tais sentenças fossem cumpridas integralmente, mas ele era obviamente culpado e a lisura de todo o processo foi tão clara que mesmo o advogado alemão que fez a sua defesa a notou. De mais a mais, o governo militar americano parece ter começado bem, embora possa adivinhar que as dificuldades aparecerão mais tarde, quando a população superar os bombardeios e a questão da comida se tornar mais aguda.

Bem vestido e alimentado

Após anos de guerra, é um sentimento demasiado estranho afinal pisar em solo alemão. A raça superior – *Herrenvolk* – está por toda parte, percorrendo o caminho em suas bicicletas entre as pilhas de entulho ou lançando-se com jarros e baldes para cima do carro-pipa.

É estranho pensar que essas são as pessoas que outrora reinaram sobre a Europa, do canal da Mancha ao mar Cáspio, e que poderiam ter conquistado nossa própria ilha, se conhecessem nossa fragilidade. A propaganda, especialmente sua própria propaganda, nos ensinou a vê-los como altos, loiros e arrogantes. O que se vê na realidade em Colônia é um povo apequenado, de cabelo escuro, obviamente da mesma linhagem racial dos belgas do outro lado da fronteira, e de forma alguma extraordinário. São melhor vestidos e, por sua aparência, melhor alimentados que as populações da França e da Bélgica, e têm bicicletas mais novas e mais meias de seda que temos na Inglaterra: na verdade não há mais o que dizer.

Indiferente e hostil

O servilismo sobre o qual muitos observadores já teceram comentários não me impressionou particularmente. É verdade que alguns dos habitantes tentam angariar favores, rondando os gabinetes do governo militar a qualquer hora e, quando alguém lhes dirige a palavra, eles tiram os chapéus com uma prontidão amedrontadora, mas a maior parte parece indiferente e talvez ligeiramente hostil.

Em alguns olhares que cruzaram com os meus, percebi uma espécie de provocação derrotada que, se algo queria expressar, pareceu-me dizer que essas pessoas estão terrivelmente envergonhadas por terem perdido a guerra.

Não é verdade que todos neguem que jamais tenham sido nazistas. Quando se registram, alguns admitem terem pertencido ao Partido, embora sempre aleguem terem sido forçados, contra sua vontade, a se filiar.

O futuro de uma Alemanha arruinada

Bolsões de miséria rural não ajudam a Europa

À MEDIDA QUE SE ESTENDE o avanço sobre a Alemanha e a devastação lavrada pelos bombardeios aliados é mais e mais desnudada, é inevitável que três comentários venham à mente de quase todo observador.

O primeiro: "As pessoas em casa não têm a menor idéia disto aqui". O segundo: "É um milagre que eles tenham continuado a lutar". E o terceiro: "Imagine o trabalho para reconstruir tudo isso!".

É uma grande verdade que a dimensão dos ataques relâmpagos lançados pelos aliados à Alemanha continua ainda hoje desconhecida neste país, e sua importância na derrocada da resistência alemã é provavelmente muito subestimada. É difícil transmitir a realidade dos ataques aéreos por meio de jornais e rádios, e o homem nas ruas pode ser perdoado se ele imagina que o que fizemos à Alemanha nos últimos quatro anos é meramente o mesmo tipo de coisa que fizeram conosco em 1940.

Mas esse equívoco, que deve ser ainda mais comum nos Estados Unidos, traz consigo um perigo potencial, e os vários protestos contra os bombardeios indiscriminados que foram feitos por pacifistas e humanitários apenas confundiram a questão.

MUNDO EMPOBRECIDO

Bombardeios não são especialmente desumanos. A guerra em si é desumana, e o bombardeio, que é usado para paralisar a indústria e o transporte, e não para matar seres humanos, é uma arma relativamente civilizada. A guerra "normal" ou "legítima" é igualmente destrutiva em relação aos objetos inanimados, e imensamente mais destrutiva em relação às vidas humanas.

De mais a mais, uma bomba atinge uma parcela fortuita da população, enquanto os homens mortos em combate são justamente aqueles os quais a comunidade não poderia abrir mão. A população da Inglaterra jamais se sentiu à vontade com o bombardeio de civis e, sem dúvida, eles estarão suficientemente dispostos para compadecer-se dos alemães assim que os tiverem derrotado definitivamente, mas o que eles ainda não compreenderam – graças à sua própria comparativa imunidade – é a assustadora destruição provocada pela guerra moderna e o longo período de empobrecimento que agora se descortina diante de todo o mundo.

Caminhar pelas cidades arruinadas da Alemanha é sentir uma dúvida verdadeira sobre a continuidade da civilização, pois é preciso lembrar que não apenas a Alemanha foi atacada. A mesma desolação se estende, ao menos em trechos consideráveis, ao longo de todo o caminho desde Bruxelas a Stalingrado. E a destruição é ainda mais completa nas frentes de batalha do que nos alvos de bombardeios. Nos cerca de 500 quilômetros entre o Marne e o Reno não há, por exemplo, uma ponte ou um viaduto que não tenha ido pelos ares.

Milhões de desabrigados

Mesmo na Inglaterra, estamos cientes de que precisamos de três milhões de casas e que as chances de obtê-las num tempo mensurável parecem remotas. Mas quantas casas precisarão a Alemanha, a Polônia, a URSS e a Itália? Quando se pensa na espantosa tarefa de reconstruir Colônia, Essen, Hamburgo, Varsóvia, Budapeste, Cracóvia, Odessa, Leningrado e tantas outras cidades européias, grandes e pequenas – e reconstruí-las ao final de seis anos, durante os quais toda mão-de-obra disponível foi dissipada na produção da guerra – percebe-se que deverá transcorrer um longo período antes que os padrões de vida até mesmo de 1939 possam ser restabelecidos.

Ainda não sabemos a extensão total dos estragos causados à Alemanha, porém, julgando pelas áreas que foram até agora percorridas, é difícil acreditar na força dos alemães para pagar qualquer tipo de reparação, seja em bens ou em trabalho. Apenas para abrigar a população alemã, para pôr as fábricas danificadas para funcionar e para manter a agricultura alemã longe de um colapso após a libertação dos trabalhadores estrangeiros, será necessário todo o trabalho de que a população do país puder dispor.

Se, como atualmente se planeja, milhões de alemães forem deportados para os países vitoriosos a fim de trabalhar na reconstrução, a reabilitação da própria Alemanha será a mais lenta de todas. Após a última guerra, a impossibilidade de obtenção de reparações financeiras substanciais – em poucas palavras, de fazer o inimigo pagar pela guerra – foi finalmente alcançada. No entanto, bem menos generalizada é a percepção de que o empobrecimento de qualquer país se reflete desfavoravelmente em todo o mundo. Não há qualquer vantagem em transformar a Alemanha em uma espécie de bolsão de miséria rural.

Aliados enfrentam crise de alimentos na Alemanha

Dificuldades com os trabalhadores libertados

Paris, 14 de abril

Há cada vez mais relatos, oficiais e extra-oficiais, comentando as dificuldades que se enfrentam no momento para lidar com os refugiados aliados e neutros no território alemão, em geral tratados pela imprensa britânica como trabalhadores forçados, mas conhecidos oficialmente como refugiados.

Os refugiados não incluem prisioneiros de guerra libertados, que são um problema à parte e, de certa forma, mais fácil de ser tratado.

Quando, há apenas algumas semanas, visitei um campo de 14 mil refugiados na Renânia, comoveram-me a maneira sensível com que os oficiais americanos no comando lidavam com a questão e o óbvio regozijo dos refugiados por se verem livres das garras alemãs. Naquele momento, porém, o problema era ainda de proporções controláveis.

A dimensão que isso tomou desde então pode ser ilustrada com alguns números. Na França, os exércitos aliados liberaram 100 mil refugiados e, na Alemanha, na margem ocidental do Reno, outros 100 mil. Na primeira semana de abril, o número elevara-se a cerca de um milhão, e, no momento, acredita-se que esteja em torno de 2 milhões. Uma vez que há ao menos 7 milhões de pessoas deslocadas na Alemanha e nos territórios ocupados pelos nazistas, a expectativa é que o total chegue possivelmente a 10 ou 12 milhões, excluindo-se os prisioneiros de guerra.

Fuga a pé

Estima-se que o número de refugiados nas áreas ocupadas pelos exércitos aliados seja centenas de milhares de vezes maior que o número até agora contabilizado. À medida que a administração alemã entra em colapso, mais e mais refugiados simplesmente escapam e tomam as estradas, normalmente com a intenção de tomar o caminho mais curto de volta a seus países, e as autoridades aliadas têm inúmeros e difíceis problemas a solucionar.

Obviamente, antes que essas pessoas possam ser repatriadas, alguma forma de distinção é necessária, tanto para prevenir epidemias quanto para eliminar espiões e sabotadores que existam entre eles. Isso quer dizer que até mesmo deportados franceses e belgas, cujas casas estão ao alcance da mão, devem ser detidos por vários dias, enquanto a maioria dos russos e poloneses provavelmente esperará alguns meses antes de que seja viável repatriá-los.

Não é fácil encontrar acomodação para tão vasto número de pessoas, que inclui muitas crianças nascidas no cativeiro, e a crise de comida possivelmente se tornará aguda em alguns meses. A princípio, a responsabilidade pela alimentação dos refugiados cabe à Alemanha, no entanto, essa é apenas uma questão financeira e não necessariamente significa que haja de fato comida disponível a todo momento. Evidentemente, muito depende de que a guerra chegue ao fim o mais rápido possível, para que se possa colher a safra alemã deste ano.

Fazendas desorganizadas

Os alemães, que pilharam toda a Europa ao longo de vários anos, ainda têm ou tinham grandes estoques de comida, mas, devido à derrota, sua agricultura está agora desorganizada, especialmente porque depende, em grande medida, do trabalho dos refugiados, que estão escapando ou sendo libertados. A menos que possa se reerguer até o fim do verão, o resultado provavelmente será uma desastrosa escassez de comida, cujas conseqüências atingirão indiretamente os países aliados.

A grande maioria dos refugiados que permanece sob o cuidado dos aliados são russos, ucranianos, poloneses e italianos.

Em geral, os deportados da Europa ocidental são repatriados após uma pequena demora. Os oficiais de ligação que representam os vários países envolvidos são comprometidos com o governo militar.

Não parece, no entanto, que tenha sido definitivamente decidido se o retorno de um refugiado ao seu país de origem é ou não é compulsório, e sobre essa questão há sérias possibilidades de desacordo entre os governos aliados.

À parte os apátridas, que aglomeram-se nos campos de concentração alemães, há uma minoria de colaboradores cuja transferência para a Alemanha foi voluntária e um número provavelmente maior de pessoas que não podem ser classificadas como colaboradores, mas que têm suas próprias razões para não desejar voltar para casa.

Melhor tratamento aos deportados

Parece-se admitir que o tratamento dado pelos alemães aos exilados não foi totalmente ruim. De todo modo, uma vez que precisavam deles para o trabalho braçal, tiveram a sabedoria de alimentá-los adequadamente – muito melhor, acredita-se, do que alimentavam os prisioneiros de guerra – e eles parecem, em geral, terem deportado famílias inteiras em vez de indivíduos e permitido também que os deportados se casassem no cativeiro.

Nessas circunstâncias, não será surpreendente se alguns dos poloneses, especialmente da Polônia oriental, e talvez igualmente alguns ucranianos, se esforcem para permanecer onde estão. As autoridades soviéticas dificilmente aceitarão isso e este tópico embaraçoso terá de ser decidido num futuro breve.

Na França, essa dificuldade específica não aparece, mas houve muitos comentários desfavoráveis sobre o fracasso do governo de organizar cerimônias convenientes para acolher prisioneiros e deportados.

Camponeses bávaros ignoram a guerra

Alemães sabem que estão derrotados

NUREMBERG, 21 DE ABRIL

A JULGAR PELA CONDUTA da população civil nesta parte da Alemanha, tem-se um indício de que os alemães sabem que estão derrotados.

A maioria deles parece considerar a guerra como algo já ultrapassado, e sua continuidade como uma insânia na qual não desempenham qualquer papel, e pela qual não se sentem responsáveis.

Surpreendentemente, a vida nos vilarejos continua a mesma, ainda que em meio aos combates. O gado marcha tranqüilamente em frente ao rastelo, enquanto os tiros ecoam vindos das encostas circundantes, e a maioria dos camponeses parece mais temerosa com os ataques de refugiados – trabalhadores estrangeiros libertados – do que com eventuais bombas. Há um ou dois dias, entrei no vilarejo de Wimmelbach, a oeste de Nuremberg, logo após a passagem das unidades de desembarque da 12ª Divisão Armada norte-americana.

Logo à saída da vila um bloqueio de estrada despedaçado, um ou dois cadáveres, um tanque abandonado, e um pomar esburacado por tiros de morteiro assinalavam o local onde os alemães ofereceram resistência. O próprio vilarejo foi bombardeado. Inúmeras casas estavam em chamas. No alto da encosta próxima, armas autopropulsionadas e pesadas metralhadoras já abriam fogo sobre a vila seguinte e pelotões de prisioneiros alemães miseravelmente vestidos, as mãos amarradas atrás das cabeças, eram escoltados por soldados entediados, empunhando seus rifles.

Jovem resistência

Em meio a tudo isso, os moradores permaneciam praticamente indiferentes. Duas mulheres e um homem, já idosos, pareciam estar angustiados, mas, como os demais, observavam a irrupção do Exército norte-americano com provavelmente menos interesse do que teriam por um circo itinerante. Alguém carregava uma carroça de adubo. Havia a usual fila diante da bomba d'água, e dois velhos serravam calmamente toras num cavalete. Mesmo os desprezíveis grupos de prisioneiros mal ganhavam um rápido olhar de curiosidade.

Nesta região, a pouca resistência civil que se encontra (em geral insignificante) é praticamente resultado do trabalho de jovens entre 12 e 20 anos. As outras faixas etárias parecem indiferentes e até mesmo amistosas e aliviadas de ver a restauração de um governo estabelecido. Em alguns lugares, os civis alemães recorreram ao governo militar, não apenas para se proteger contra os refugiados, mas até mesmo para oferecer armas antiaéreas, a fim de afugentar os aviões alemães. Os jovens, que obviamente serão a primeira fonte de problemas, não estão em grande evidência, uma vez que a maior parte está no Exército.

Quase todos que são questionados, inclusive os prisioneiros, admitem que a guerra esteja perdida, e acrescentam que a resistência apenas continua devido a um punhado de nazistas fanáticos, o que é, de fato, verdade. A defesa de Nuremberg, por exemplo, foi uma decisão política tomada pelo comandante da SS local, contra a vontade tanto do Exército quanto da população.

Responsabilidade

Esta região da Alemanha não sofreu em demasia com a guerra; as pessoas, principalmente as crianças, claramente foram bem alimentadas, e o ataque relâmpago à Bavária e a Württemberg não foi tão abrangente como na Renânia e no Ruhr. É verdade que, com a solitária exceção de Heidelberg, as grandes cidades foram arrasadas. Mesmo a antiga cidade universitária de Würzburg é agora um mero amontoado de ruínas, embora, felizmente, seu castelo medieval fosse sólido demais para ser completamente destruído. No entanto, as vilas e os agradáveis povoados rurais, com suas muralhas enormes, suas igrejas barrocas e seus largos pavimentados, escaparam, em grande parte, do estrago, exceto quando estavam exatamente no meio do caminho dos combates e não exibiam a bandeira branca com a prontidão necessária.

Longe das principais estradas, dificilmente se saberia que havia uma guerra em andamento se não fosse o grupo ocasional de refugiados, que vagam com trouxas de roupas às costas e com um olho bem aberto para galinhas desgarradas.

À medida que alguém caminha por este tranqüilo campo com suas estradas tortuosas ladeadas por cerejeiras, com seus vinhedos e seus santuários, há uma questão que se impõe cada vez mais: até que ponto podem os camponeses obviamente simples e gentis, que marcham para a igreja nas manhãs de domingo com suas roupas negras e decentes, serem responsáveis pelos horrores dos nazistas?

O movimento nazista de fato começou nesta parte da Alemanha, e não há dúvida sobre a enormidade dos crimes que cometeu, graças ao grande número de evidências que vimos muito antes da guerra começar.

Mas se alguém quer evidências da crueldade alemã, há muita disponível aqui e agora, nos relatos de prisioneiros e deportados em fuga.

Sua condição depende, em parte, de quanto tempo estiveram prisioneiros, mas a principal linha divisória era entre aqueles que receberam e não receberam pacotes da Cruz Vermelha. Este campo continha alguns milhares de russos que estavam agrupados em tendas imprestáveis, sem bordas laterais e com nenhuma cobertura sobre o solo, de tal forma que tinham que fazer eles mesmos tocas no chão arenoso. Estavam, sem exceção, esfarrapados e imundos, com as faces escavadas pela fome e pela miséria, e novos casos de tifo eclodiam entre eles a cada dia.

Mesmo os prisioneiros ingleses foram tratados suficientemente mal, a maior parte dos quais foi colocada para trabalhar nas minas de carvão siberianas e, então, quando o Exército vermelho se aproximou, foi forçada a marchar todo o caminho de volta à Bavária.

Mas todos falavam com indignação sobre o tratamento dado aos russos. Poucos dias antes, neste campo, os guardas alemães abriram fogo e mataram inúmeros russos por se amontoarem junto à cerca quando prisioneiros britânicos e norte-americanos tentaram arremessar-lhes comida.

Um prisioneiro inglês descreveu como, à sua chegada, ele e seus companheiros atiraram um pouco de sopa sobre a cerca aos russos esfomeados, que rapidamente a devoraram. Outro contou-me de um campo na Sibéria onde, quando um prisioneiro russo morria, seus camaradas cobriam seu corpo com um cobertor e fingiam que estava apenas doente, a fim de continuarem a sorver sua ração de sopa por alguns dias a mais.

Um prisioneiro norte-americano – um oficial – resumiu a situação ao apontar para as figuras esquálidas no acampamento russo e salientar: "A única coisa que nos salvou de estarmos na mesma condição daquelas pessoas ali foram as remessas de casa".

Os alemães ainda duvidam de nossa união

As bandeiras não ajudam

Com o III Exército norte-americano, Stuttgart, 28 de abril

Nesta semana, na manhã que se seguiu à entrada do I Exército francês em Stuttgart, o general que comandava a 100ª Divisão norte-americana enviou um pequeno destacamento de tanques e infantaria para juntar-se a eles nos subúrbios na parte Leste da cidade.

Na margem direita do Neckar, uma coluna encontrou os franceses e depois voltou. Era impossível para os veículos cruzarem o rio, todas as pontes nos 100 km entre Heilbronn e Toeningen haviam ido pelos ares. Há, no entanto, uma pequena ponte para pedestres que os alemães não julgaram digna de uma carga de explosivos; assim dois outros correspondentes e eu, que acompanhávamos os norte-americanos, decidimos seguir a pé.

Na outra margem do rio, grupos de refugiados, ainda delirantes após 24 horas de libertação, corriam de um lado para o outro em carros e caminhões saqueados, enquanto outros, que arranjaram rifles, disparavam em pedaços de madeira na correnteza.

O centro da cidade, ou o que restou dele, foi totalmente pilhado. O pior saque, em geral, ocorre nas primeiras duas horas após o colapso da resistência e é praticado por civis alemães, além de prisioneiros e deportados subitamente libertados.

Mesmo se possível, os saques somente serão contidos se o aparato do governo militar estiver a postos antes da tomada da cidade e, no caso de Stuttgart, sem dúvida devido à inesperada rapidez com que a cidade caiu, houve uma imensa demora.

Saques em larga escala

Setenta e duas horas após a entrada dos franceses, nenhum pronunciamento fora feito e o paradeiro do governo militar era ignorado, embora alguns velhos de aparência inofensiva, com braçadeiras com a inscrição "Polizei", fossem ocasionalmente vistos pelas ruas.

A desordem que se seguiu à queda de Stuttgart foi talvez pior que o normal, devido aos saques de vinho em larga escala. Garrafas vazias, e até mesmo pela metade, espalhavam-se por toda parte. Entrei na cidade ao som de tiros de rifle, e disparos esporádicos ainda reverberavam quando a deixei dois dias depois, embora todos os bolsões de resistência tivessem, há muito, sido extirpados. Os tiros eram simplesmente um *feu de joie* extra-oficial.

Em meio a isso, os franceses, menosprezando os deportados e concentrando-se nos alemães, esquadrinhavam a cidade, casa por casa, e detinham não só quem envergasse um uniforme, mas todo civil do sexo masculino sob o qual recaísse a suspeita de integrar o Wehrmacht [Exército alemão] ou o Volkssturm [Guarda Civil alemã]. O número de prisioneiros era tão grande que se tornou difícil encontrar lugares onde recolhê-los, e muitos deles tiveram de ser temporariamente abrigados nos metrôs subterrâneos da estação central.

É, acima de tudo, quando se observam prisioneiros alemães serem capturados que um abismo parece se abrir entre praticamente qualquer anglo-saxão e qualquer europeu continental. Pode-se reconhecer a total necessidade de destruição do Exército alemão e empregar todos os meios necessários para isso. É necessário, no entanto, ter vivido sob o domínio alemão para que se tenha um verdadeiro prazer diante dessas cenas de humilhação.

Mórbida satisfação

À medida que as infindáveis colunas de prisioneiros eram arrastadas, os deportados, e até mesmo os soldados franceses, os observavam com sorrisos de franca satisfação.

"Exatamente como nós em 1940!" foi um comentário que ouvi inúmeras vezes. Algumas dessas pessoas pareciam, até mesmo, ter uma mórbida satisfação em contemplar as ruínas forjadas pelas bombas. Eu, particularmente, não podia compartilhar de tal sentimento. Stuttgart, é verdade, é uma cidade grande, e partes dela ainda estão intactas, mas, como sempre, é a região central da cidade, a mais antiga, que foi arrasada, enquanto os desinteressantes subúrbios residenciais escaparam ilesos.

Instalei-me na casa de alguns alemães de meia-idade nos subúrbios. Essas pessoas, como a maior parte dos alemães com os quais pude conversar, não apenas desejavam o imediato desfecho da guerra, como estavam ainda mais ansiosos por ver tanto quanto possível a Alemanha ocupada por norte-americanos e ingleses, e o menos possível por russos e franceses.

Evidentemente, ainda é necessário que os alemães entendam que os governantes das Nações Unidas estão substancialmente de acordo. No momento, a idéia mais difundida é a de que a Rússia, a França e a Anglo-América estão mais ou menos hostis umas às outras e defendem políticas muito distintas.

De fato, é perigoso deixar essa idéia deitar raízes, e o fracasso de definir, de antemão, as zonas de ocupação, e a prática seguida por vários exércitos de hastear apenas a sua própria bandeira nacional nas áreas que ocupam serviram para fortalecê-la.

~ 6 DE MAIO DE 1945 ~

Diminui o interesse da França pela guerra

PARIS, 5 DE MAIO

OBSERVANDO SUPERFICIALMENTE a atmosfera parisiense, é um tanto difícil acreditar que apenas no último fim de semana um terço do eleitorado votou nos comunistas, enquanto outro quarto votou em outros partidos extremistas de esquerda.

Paris iluminou-se sob o sol da primavera. Comida sólida não é, agora, mais abundante do que era quando aqui estive há dois meses, mas há alface e cebolinha, até mesmo morangos, se você puder pagar por eles, e está suficientemente quente para se sentar à mesa na parte externa de um café.

As roupas ainda são surradas, mas os chapéus das mulheres estão mais vistosos do que jamais estiveram. Se não fosse pelos soldados norte-americanos, sempre onipresentes, dificilmente alguém tomaria a cidade como a capital de um país em guerra. Em breve, sem dúvida, bandeiras serão agitadas e sinos soarão para celebrar a vitória final, mas nenhuma bandeira extra apareceu até agora, e, embora a morte de Hitler tenha causado uma certa excitação, eu não pude escutar muitos comentários espontâneos a seu respeito. A vida continua praticamente como antes, e a busca por comida, combustível e diversão assume uma dimensão mais ampla para a maioria das pessoas do que qualquer evento exterior.

E, ainda assim, não se poderia dizer sinceramente que não há atividade política. As eleições municipais não apenas revelaram uma guinada geral da nação para a esquerda, como também – o que talvez seja ainda mais significativo – produziram uma expressiva votação. E houve também as celebrações do Primeiro de Maio, quando uma enorme multidão desfilou pelas ruas cantando em uníssono: "Pétain au Poteau!"*.

O desejo de uma França forte

Que lição tirar desta aparente combinação de apatia e sentimento revolucionário? Antes de mais nada, todos concordam que a França está muita mais interessada em assuntos internos que na guerra. Seu principal ato de guerra foi a Resistência, que envolveu apenas uma minoria, e mesmo agora o número de pessoas diretamente engajado no esforço de guerra é pequeno quando comparado com a Inglaterra. Todos desejam que a França seja forte, tenha um Exército poderoso e reapareça como uma grande potência, mas o dia-a-dia da guerra não é interessante.

Mesmo os prisioneiros repatriados despertam pouco entusiasmo. Diariamente, centenas destes homens, em andrajos ou uniformes desbotados, sacolejam pelas ruas em caminhões. As autoridades lhes concedem uma refeição quente e uma cerimônia de boas-vindas, mas a multidão de passantes quase não os nota.

Temas internacionais não despertam paixões, como ocorre na Inglaterra. São Francisco não é muito discutido, nem a questão dos gregos nem a dos poloneses provocam qualquer controvérsia mais séria. O francês médio está, antes de mais nada, interessado na França, e, embora ele queira certas reformas políticas,

* "Pétain ao poste".

o que quer acima de tudo é voltar ao normal, com comida suficiente e melhores condições de lazer.

Longas filas nos cinemas

Entre os fatos notáveis em Paris estão as longas filas diante dos cinemas e a grande proporção da imprensa nanica dedicada ao esporte. Não só a fome, mas também o tédio e o anseio por um pouco de diversão constituem o pano de fundo da cena política.

As eleições municipais mostraram uma guinada geral para a esquerda. Os comunistas conquistaram votos dos socialistas, os socialistas conquistaram dos radicais e, em muitas zonas eleitorais, os partidos de direita foram praticamente obliterados. No entanto, não se pode inferir, a partir disso, que a França esteja à beira de uma revolução. Basta olhar uma rua qualquer para perceber que as pessoas não estão dispostas a qualquer tipo de esforço violento. De certa forma, apesar de tudo o que aconteceu, a mentalidade pré-guerra parece prolongar-se mais fortemente do que na Inglaterra. As distinções de riqueza são mais amplas, e, em todo caso, mais inoportunas, e uma parcela maior da população ocupa posições de subordinação. Justo agora, 50% do eleitorado votou em socialistas ou comunistas, mas as lojas de armarinhos ainda expõem cartolas em suas vitrines vazias e homens-sanduíches ainda arrastam-se de um ao outro lado, ostentando anúncios para manicures. No entanto, neste momento, quando a França está menos faminta e a discussão política menos embaraçada pela censura e pela escassez de papel, o anseio geral talvez seja por segurança e normalidade, e não por mudanças drásticas.

Lendo os cartazes antes das eleições, espantei-me com o fato de que todos os partidos agora prometem praticamente as mesmas coisas. As pessoas, entretanto, voltam os olhos para a esquerda não porque se acredite que esta não defenda a revolução sangrenta, mas porque se busca segurança no emprego, pensões familiares e proteção dos direitos trabalhistas. O governo da Frente Popular de 1936, que realizou, na França, certas reformas elementares que jamais haviam sido feitas, ainda é, em certa medida, vividamente relembrado.

Inquietante purgação

Por outro lado, a direita está associada a certas entidades vagas, porém ameaçadoras, conhecidas como "os cartéis", que são responsabilizados por tudo, desde a derrota em 1940 à falta de cigarros.

O Partido Comunista Francês tem um grande número de filiados, bem como uma forte influência sobre a opinião pública e contém um núcleo de antigos e sólidos membros que muito provavelmente ainda aguardam a revolução violenta como seu objetivo final. No entanto, a massa de seus seguidores não parece desejar nada do gênero e certos pontos, até mesmo em suas políticas declaradas, são apenas duvidosamente populares.

Para começar, a despeito do "Pétain au Poteau!", é incerto que as massas francesas queiram, como os comunistas exigem, uma perseguição total e vingativa aos colaboracionistas. Certamente estão desejosas de que os grandes culpados não escapem, mas parece haver uma certa inquietação acerca dos aspectos morais da purgação que, se levada adiante de um modo enérgico, seria muito freqüentemente a punição do culpado pelo culpado.

Outro aspecto da política comunista, que provavelmente não reflete a opinião pública, é sua orientação antibritânica. A não ser pelos partidários do regime Vichy, que agora estão na moita, os comunistas são a única facção política francesa antibritânica (e, em menor grau, antiamericana), e eles demonstram isso tão abertamente quanto possível no murmurinho geral da imprensa.

Isso é provavelmente uma questão de alta política – a Inglaterra sendo o provável líder de um bloco ocidental, a cuja formação a URSS se opõe – mais do que a expressão dos sentimentos do cidadão francês comum, da classe média ou trabalhadora.

Políticos libertados voltam a Paris

Líder da CGT encontra De Gaulle

Paris, 12 de maio

Paul Reynaud, Yvon Delbos e Léon Jouhaux chegaram a Paris há dois dias. Jouhaux, o antigo líder da Central Geral dos Trabalhadores francesa, já foi chamado para uma audiência com De Gaulle. Entretanto, está um pouco cauteloso sobre seu futuro político.

Não dirá se é possível que lhe ofereçam um cargo no atual governo. Afirma apoiar o governo De Gaulle e pretende retornar de imediato à vida política. Nas próximas eleições gerais, concorrerá como candidato independente.

Reynaud, premiê até junho de 1940 e entregue por Pétain aos alemães, após o desembarque dos aliados no Norte da África em novembro de 1942, passou os primeiros meses de seu cativeiro em uma cela isolada em Oranienburg, mas depois foi transferido para uma fortificação em Tirol, onde ficou encarcerado ao lado de outros líderes políticos franceses.

Foi bem tratado e passou seu tempo de cativeiro escrevendo um livro sobre os eventos que levaram à derrota.

Há, é claro, um novo fator político na libertação de Herriot, Daladier, Raynaud e Blum. Destes, somente Blum manteve intocada sua reputação e sua posição de líder dentro do próprio partido. Mesmo quando desapareceu, num campo de concentração de localização ignorada, seu nome ainda aparecia impresso na primeira página do *Le Populaire* como editor-chefe. Daladier talvez esteja desacreditado para sempre. Os radicais tentaram arduamente reconstruir sua imagem nos últimos meses, mas o confinamento dos deputados comunistas, que ele conduziu em 1939, dificilmente será esquecido.

As comemorações

No entanto, todos esses políticos são muito mais conhecidos do público em geral do que qualquer membro do presente governo, exceção feita ao próprio De Gaulle. Além disso, Daladier e Raynaud compartilham com Blum o prestígio do julgamento de Riom [um julgamento malogrado de líderes franceses pelo governo Vichy], no qual se comportaram com coragem e dignidade. Com essa tentativa tíbia de conter o terrorismo, os pétanistas muito fizeram para reabilitar o regime que derrubaram, e acredita-se que nas próximas eleições gerais o reaparecimento de Herriot, Reynaud e Daladier poderá fazer algo para reavivar os tesouros arruinados do Partido Socialista Radical.

Aqueles cujas memórias vão suficientemente longe declararam que as celebrações da vitória em Paris "não se igualaram às de 1918", porém foram, sem dúvida, impressionantes, particularmente porque as notícias da rendição alemã não surgiram com dramática rapidez, mas vieram a público devido a várias indiscrições, depois de terem sido impacientemente aguardadas por semanas.

Ao menos 24 horas antes do anúncio oficial, todos em Paris pareciam saber a exata hora em que o cessar-fogo seria anunciado, e um jornal vespertino foi apreendido pela polícia por divulgar a notícia prematuramente. Desconsiderando a má conduta, amplamente debatida, de uma das novas agências, a Rádio Alemã de Flensburg fez um anúncio que foi retransmitido pela Rádio Francesa e logo negado.

Depois de tudo isso, não era surpreendente que houvesse uma celebração extra-oficial na noite de segunda-feira, com canções e cortejos nas ruas e aviões arremessando sinalizadores coloridos entre as chaminés. Mas a verdadeira excitação começou na manhã de terça-feira. Bandos de rapazes e moças marcharam de um lado a outro em formação militar cantando "Avec Nous! Avec Nous!", aumentando gradualmente seus números até que, ao meio-dia, as multidões eram tão volumosas que era impraticável passar por muitas das ruas e dos quarteirões principais. Eles permaneceram assim ao longo de toda a terça e quarta-feira. Algumas pessoas voltaram para casa durante parte da noite de terça, enquanto outras atiravam-se nos bancos ou canteiros de grama e pegavam no sono por algumas horas.

Às três horas da tarde de terça-feira, consegui abrir caminho até me aproximar de um alto-falante na Place de la Concorde para ouvir o pronunciamento oficial.

De Gaulle discursa

Houve boatos de que tudo isso poderia ser prorrogado. Então veio a voz de De Gaulle: "A guerra acabou. A vitória é nossa". O povo não irrompeu em vivas, mas ouviu atentamente o resto do discurso, e, então, permaneceu em reverente silêncio enquanto o Hino Nacional de todas as principais nações aliadas ecoavam.

Por vários dias, os jornais mantiveram uma espécie de autocensura, deixando temas desagradáveis em segundo plano o máximo possível, mas certas questões tanto de política interna quanto externa não poderiam ser de forma alguma ignoradas. Não se pode dizer que os jornais franceses da atualidade jamais discutam política externa com liberdade, mas há sinais óbvios de discordância sobre a Conferência de São Francisco e a política russa em geral. A questão da ocupação da Alemanha, e especialmente de Berlim – quem ocupará que áreas e quando –, é também discutida com evidente apreensão.

O perigo da separação das zonas de ocupação

Atrasando a retomada da Áustria

Áustria, 19 de maio

Embora a devastação que a guerra provocou na Áustria não atinja as mesmas dimensões que na Alemanha, por um momento, o caos é ainda maior, e as cenas que acompanham a derradeira captura do Exército alemão são muito mais fantásticas, pois têm como pano de fundo as montanhas cobertas de neve, os vilarejos intactos, e os campos cheios de flores selvagens.

Em alguns lugares, o recém-chegado pode ter a impressão de que a Áustria está sendo ocupada não pelos aliados, mas pelos alemães.

Os alemães estão por toda parte, em cada vilarejo, formando uma aglomeração de uniformes cinzas e verdes ao redor do pórtico, e metade do tráfego com o qual se cruza nas estradas tem as características ondulantes das marcas de camuflagem.

O contingente de prisioneiros foi tão grande que, em alguns casos, foi necessário lidar com eles simplesmente tomando–lhes as armas e, então, demarcando uma área no mapa dentro da qual eles têm de permanecer. Outro dia, dirigi por uma área ao sul de Salzburg onde se estimava haver 100 mil alemães, embora, aos meus olhos, o número parecesse muito maior.

Exceto por suas armas, constituíam um Exército completo, aparentemente bem disciplinado e em boa forma. Quilômetro após quilômetro, dirigi por campos cheios de homens ao sol ou a lavar suas roupas nos riachos, passando por dezenas de milhares de veículos cuidadosamente estacionados e centenas de cadáveres, cavalos de batalha e pôneis cossacos, pequenos e malhados. Em cada encruzilhada, havia policiais militares alemães orientando o tráfego.

Uma carona para casa

Ainda mais fantásticos eram os acampamentos de refugiados, alguns dos quais compartilhavam barracas com soldados alemães desabrigados, enquanto outros ocuparam trens e estão vivendo nos vagões. De vez em quando, alguns refugiados conseguem, com determinação, pôr uma locomotiva em funcionamento na esperança de que, se as coordenadas estiverem certas, esta os levará para mais perto de suas casas.

E há os campos de prisioneiros de guerra aliados agora libertados e vivendo sob cuidados norte-americanos, e há muitos outros prisioneiros que ficaram doentes de tanto esperar, tentando conseguir uma carona para casa.

No momento, com o glorioso clima de verão e o alívio geral de que a guerra tenha terminado, todo esse caos parece quase engraçado. No entanto, todos percebem que a situação subjacente não é boa. A tarefa de alimentar toda a população civil e os refugiados era uma dor de cabeça até mesmo antes de os aliados se depararem com muitos milhões de prisioneiros extras em suas mãos, e basta olhar a paisagem montanhosa para ver que a Áustria, muito mais que a Alemanha ocidental, não é auto-suficiente em comida.

Notícias de pára-quedas

Com o auxílio de pára-quedas, as autoridades do Shaef [Alto Comando das Forças Expedicionárias Aliadas] agora distribuem jornais e panfletos em quatro línguas, alertando aos prisioneiros e refugiados que permaneçam, em seu próprio benefício, nos locais onde se encontram, porém não nos espanta que haja aqui e ali sinais de insatisfação, e, com a rápida mudança da situação, a fraqueza inerente ao governo militar vem à tona.

O governo militar foi criado simplesmente para manter a ordem e facilitar a rápida movimentação dos exércitos combatentes na retaguarda.

De fato, o governo militar tem sido, numa perspectiva de curto prazo, bem-sucedido. A velocidade com que alguma espécie de ordem pode ser restituída a uma cidade arrasada pelas bombas é, em geral, surpreendente, mas o governo militar enfrenta sérias dificuldades por não ter objetivos de longo prazo.

A ausência de uma agenda política – exceto, é claro, a política de não empregar notórios nazistas – é praticamente uma questão de honra para os oficiais. Quando lhes fazem uma pergunta que pareça esbarrar em política a resposta corriqueira é: "Não tenho idéia".

Apenas para dar um exemplo, encontrei um funcionário do governo militar, um graduado capitão, que "não tinha idéia" sobre a diferença entre um socialdemocrata e uma socialista cristão. Obviamente, esse tipo de coisa pode acarretar problemas quando os partidos e os movimentos políticos começarem a reviver. De fato, isso já está acontecendo. Criaram-se dois novos partidos políticos na Bavária, e as lutas que agora se desenrolam em vários países europeus parecem estar ecoando entre as zonas específicas de refugiados.

Indiretamente, a administração da Alemanha e da Áustria torna-se mais difícil devido à ignorância da opinião pública na Inglaterra e nos Estados Unidos.

Freqüentemente ocorre que uma medida, que é uma óbvia necessidade militar no centro das ações, cause incompreensão se revelada em casa, e isso impede o completo debate das principais questões. No entanto, um aspecto ainda pior da presente situação é a divisão arbitrária desses países em zonas de ocupação distintas. Há pouco contato entre os russos e os aliados ocidentais, os exércitos geralmente encontram-se separados ora por um rio ora por uma faixa de terra de ninguém, e os raros relatos que nos chegam sugerem que, ao menos no tratamento dado aos prisioneiros, os russos estejam seguindo uma linha diferente da dos anglo-americanos.

Caso a atual situação continue inflexível, possivelmente adiará a recuperação econômica desses países e levará a uma competição pela sujeição das populações da Alemanha e da Áustria. Isso já começou, e o novo governo estabelecido pelos russos em Viena, sem o reconhecimento da Áustria ocidental, é apenas um de seus sintomas.

Desejada separação

No momento, não há dúvida acerca do estado de espírito da população. Os russos são temidos e odiados – e o governo vienense não parece evocar muito entusiasmo –, embora seja evidente um forte anseio separatista em relação à Alemanha.

Seria muito precipitado, porém, considerar que tal estado de espírito seja permanente. Se isso levar a uma disputa política, os russos têm várias circunstâncias, não muito óbvias no momento, trabalhando a seu favor. A despeito de o sentimento contra eles ser, em parte, uma reminiscência da propaganda nazista, é difícil acreditar que a administração da Áustria e da Alemanha possa obter sucesso, a menos que seja uma administração efetivamente conjunta. E cada dia de atraso em sua implementação torna a solução final ainda mais difícil.

No entanto, a primeira necessidade indispensável é a de que os governos dos Estados Unidos e da Inglaterra decidam o que pretendem fazer com os países derrotados e estabeleçam com clareza suas intenções.

Quando isso ocorrer, algumas concepções equivocadas e perigosas, com as quais os alemães e os austríacos agora convivem, poderão ser removidas e o comando militar ordinário ou o funcionário do governo militar terá uma clara linha de ação a seguir diante dos problemas que, dia-a-dia, ganham um caráter mais evidentemente político.

Obstáculos a um governo unificado na Alemanha

AINDA É CEDO para afirmar que uma ocupação genuinamente conjunta da Alemanha e da Áustria seja impossível, mas ficou claro, nas últimas semanas, que influências poderosas estão se mobilizando para impedi-la.

Isso é um desastre, mas o pior pode ser evitado caso se enfrente os fatos e tome-se as devidas providências sem demora.

Para concretizar-se, a ocupação conjunta envolve quatro aspectos:

Primeiro, a delegação da mais alta autoridade possível aos governos alemães e austríacos escolhidos ou aprovados por todos os principais aliados.

Segundo, um órgão de controle interaliado em sessão permanente.

Terceiro, um acordo claro sobre o futuro desenvolvimento político, militar e econômico da Alemanha.

Quarto, nenhuma "zona" – isto é, livre circulação por todos os países ocupados e o máximo de integração possível entre as tropas das forças de ocupação.

No momento, nenhuma dessas condições se concretizou, e talvez seja correto afirmar que grande parte da oposição veio do lado russo. Sob essas circunstâncias, os aliados ocidentais têm apenas duas escolhas. Uma – que obviamente não escolherão – é simplesmente bater em retirada e abandonar a Alemanha e a Áustria ao controle único da Rússia.

A outra é aceitar o desafio político implícito na atual situação e tentar assegurar que a população alemã se guie pelo Ocidente e não pelo Oriente.

Deve-se perceber que a concorrência pela fidelidade do povo alemão já começou. Na verdade, já havia começado antes da guerra terminar.

"Zonas" impermeáveis

A divisão do país em "zonas" impermeáveis foi mera conseqüência dessa situação, pois, se os aliados realmente apresentassem uma política conjunta, o que os impediria de governar em conjunto? Ademais, deveríamos perceber que, no momento, as cartas estão predominantemente em mãos anglo-americanas.

A maioria dos alemães não gosta muito da perspectiva de se submeter aos russos, e eles demonstram isso de forma inequívoca. No entanto, a comparativa popularidade da Anglo-América repousa sobre pilares extremamente frágeis. Para início de conversa, a escassez de comida provavelmente se tornará catastrófica no próximo inverno, senão antes, e poderá ser mais grave na Europa ocidental do que nas áreas principalmente agrícolas controladas pelos russos.

Em segundo lugar, os russos podem e provavelmente introduzirão reformas bastante necessárias, tais como repartir os Estados prussianos orientais entre camponeses sem-terra, o que, ainda que desejassem, seria difícil para os aliados ocidentais imitarem. Em terceiro lugar, as dificuldades que têm os russos com propaganda são imensamente diminuídas devido à exclusão de jornalistas e observadores independentes.

No momento, não temos nenhum conhecimento real do que está acontecendo na zona russa, e, quando o descontentamento começa a se acumular na anglo-americana, os inevitáveis relatos cor-de-rosa provenientes do outro lado exercem sua influência.

Nesse momento, se os aliados ocidentais escolhessem imitar o exemplo russo em Viena e estabelecer um governo alemão unilateralmente, poderiam conseguir um apoio esmagador.

Obviamente, não um governo de Doenitz e Schacht*, mas qualquer governo moderadamente decente, patrocinado pelos Estados Unidos e pela Inglaterra, poderia ser solidamente estabelecido sem qualquer necessidade de falsos plebiscitos, e o conhecimento de que ele existe teria uma imediata influência na zona russa. É bem provável que os governos da Inglaterra e dos Estados Unidos não adotem tão drástica medida, mas o que poderiam fazer, e de fato deveriam fazer, é uma declaração clara e imediata de princípios.

Questões relevantes

Até o momento, as questões mais relevantes permanecem sem resposta. A indústria alemã será desmantelada ou restabelecida? As regiões do Ruhr e do Reno serão anexadas ou não? Os prisioneiros de guerra serão mantidos para trabalhos forçados ou serão liberados o mais rápido possível?

Que categorias de alemães serão tratados como criminosos de guerra? Não há sequer uma destas questões para a qual um alemão obtenha uma resposta segura. E algumas perigosas ilusões – por exemplo, a idéia disseminada de que a URSS e as

* Karl Doenitz, comandante da Marinha alemã, foi presidente da Alemanha por 20 dias após o suicídio de Hitler. Hjalmar Schacht, economista alemão, foi ministro das Finanças de Hitler entre 1935-37.

potências ocidentais entrarão em guerra num futuro próximo – propagaram-se e as mais altas autoridades precisam contestá-las.

Também é necessário fazer com que o povo alemão perceba quão desalentadora a perspectiva da escassez de comida é, e o quanto deve se esforçar para sanar este problema.

Feita tal declaração de princípios, a disputa política que já se iniciou seria travada abertamente e o alemão médio saberia o que esperar. No momento, o perigo evidente é que o povo esperará demais das potências ocidentais e, então, desapontado, se sujeitará aos russos.

De mais a mais, dificilmente chegaremos a um bom entendimento com os russos a menos que tenhamos a ousadia de aceitar seu desafio. A fragmentária ocupação da Alemanha e da Áustria é, atualmente, tão cansativa e insatisfatória para eles quanto para nós. A eles, no entanto, resta a esperança de expulsar-nos completamente desses territórios, caso façam franca oposição política aos fracos e desunidos.

Por outro lado, caso a Anglo-América também formule um plano, e um plano viável, o ânimo russo pode mudar e será possível estabelecer uma política comum sem a qual esse enorme problema dificilmente será solucionado.

Destino incerto dos refugiados

EMBORA MUITOS FATOS relacionados à questão dos refugiados – isto é, os estrangeiros usados em trabalhos forçados pelos alemães durante a guerra – continuem a pipocar, não houve qualquer declaração abrangente e, ao que parece, sequer qualquer regulamentação oficial sobre pontos de importância.

É preciso que tenhamos esperança de que os fatos relevantes serão publicados num futuro razoavelmente próximo. Caso contrário, uma valiosa oportunidade sociológica poderá se perder, e poderão ser tomadas decisões que a opinião pública nos Estados Unidos e na Inglaterra não aceitaria, se soubesse dos fatos.

Neste momento, o registro dos exilados vem sendo feito pela Administração das Nações Unidas para Assistência e Reabilitação [UNRRA] em 230 campos na Alemanha Ocidental e pelas autoridades militares num número ainda maior de campos não especificados. Estima-se que o número de pessoas desarraigadas chegue a 4,5 milhões somente na Alemanha. Os últimos levantamentos assinalam que esse contingente é composto por 1,5 milhão de russos, 1,2 milhão de franceses e 600 mil poloneses. Há ainda cerca de 100 mil belgas – agora praticamente todos repatriados –, 100 mil holandeses e, em menor número, iugoslavos, tchecos, escandinavos e gregos. Até a semana passada, fez-se o registro de 1,5 milhão de pessoas, que, após um exame médico, foram repatriadas.

Do restante, a maioria está vivendo sob os cuidados do governo militar, que os alimenta da melhor forma possível e, em alguns casos, emprega-os no trabalho de recuperação de estradas e tarefas afins. No entanto, um grande número, que se recusou a integrar este grupo, trilha a pé o caminho para casa ou simplesmente vive no campo, à custa de roubos e esmolas. Outros, embora provavelmente não sejam muitos, permaneceram nas fazendas onde trabalhavam antes da invasão dos aliados.

Cortes na comida

No princípio, a maioria dos refugiados acolheu seus libertadores com enorme entusiasmo, mas isso foi, de certa forma, refreado pelas inevitáveis demoras na repatriação e pela crescente escassez de comida. Desde o início, todos foram advertidos quanto ao abastecimento de gêneros alimentícios: primeiro servia-se o Exército, depois os refugiados e, por fim, os alemães; mas, na prática, é impossível deixar os alemães morrerem de fome e, em algumas áreas, chegou-se ao ponto em que é necessário reduzir a ração dos refugiados a fim de manter a dos alemães num nível de subsistência.

É fácil imaginar a aflição decorrente dessa situação, que, nas áreas controladas pelos norte-americanos, torna-se ainda pior com o desperdício de comida que qualquer um, em contato com as tropas, pode observar.

Até agora, vários fatos extremamente interessantes sobre os refugiados vieram à tona. Para começar, o termo "trabalho escravo", usualmente utilizado na imprensa inglesa, é enganador. Algumas dessas pessoas – talvez seja até possível determinar o número com razoável precisão – eram voluntárias, e os demais, embora pudessem ser descritos como escravos no sentido em que eram deportados contra sua vontade, não pareciam, na maioria dos casos, vítimas de maus-tratos.

Desejo de ficar

Aqueles que trabalhavam nas fábricas viviam em acampamentos em condições de semiprisão, mas os que trabalhavam na terra, usualmente em pequenas fazendas, visto que todos os jovens partiram para a guerra distante, pareciam ter passado razoavelmente bem. Em muitos casos, não apenas eram pagos, como também inscritos no plano de seguro dos trabalhadores alemães, e todos os observadores concordam que, na totalidade, os refugiados eram bem alimentados.

Somente podemos fazer uma vaga suposição de quantas dessas pessoas mudaram de lado no campo ideológico, quantos eram meros aventureiros, e quantos eram camponeses ignorantes para os quais tanto se lhes dava servir num ou noutro Exército. É óbvio que se deve investigar o assunto em sua totalidade, a fim de se lançar alguma luz sobre as mudanças que agora ocorrem na estrutura do nacionalismo. Essa investigação, porém, deve ser feita dentro dos próximos meses, ou os dados se perderão.

Um ponto em torno do qual parece não haver consenso – ou, ao menos, nenhuma autoridade se pronunciou a respeito – é se o refugiado, ainda que contra sua vontade, será obrigado a voltar para casa. Os mais afetados são os poloneses. Sabe-se que um grande número de poloneses, especialmente da Polônia oriental, deseja permanecer no exterior. Caso o governo da URSS decida que terão de retornar aqueles que tecnicamente são agora cidadãos soviéticos, o governo inglês e o americano se sentirão obrigados a repatriá-los? Obviamente tal questão não pode ser decidida sem que se explique às populações da Inglaterra e dos Estados Unidos o que está acontecendo. De mais a mais, caso se permita que os poloneses e outros permaneçam no exterior por sua vontade, qual será exatamente sua condição?

Marx e a Rússia

A PALAVRA "COMUNISMO", ao contrário de "fascismo", jamais se degenerou num termo inexpressivo de abuso. Entretanto, uma certa ambigüidade se apega ao conceito, que significa ao menos duas coisas distintas, ainda que tenuemente conectadas: uma teoria política e um movimento político, que, até o momento, visivelmente, não colocou em prática aquela teoria. Em vista disso, os feitos do Cominform podem parecer mais importantes do que as profecias de Marx, mas, como John Plamenatz nos lembra em seu recém-publicado folheto [*What is Communism?*, 1947], a visão original do comunismo jamais deve ser esquecida, uma vez que ainda é o dínamo que alimenta milhões de partidários com fé e, portanto, com o poder de ação.

DISCÍPULOS

Originalmente, "comunismo" significava uma sociedade livre e justa, fundamentada no princípio de que "a cada um deve ser dado o que lhe é necessário". Marx tornou viável essa visão ao fazê-la parte de um processo histórico aparentemente inevitável. A sociedade se resumiria a uma pequena classe de proprietários e a uma enorme classe de despossuídos, e um dia, quase automaticamente, estes assumiriam o poder. Apenas algumas décadas após a morte de Marx, eclodiu a Revolução Russa, e os homens que lideraram este processo se autoproclamaram, e se acreditavam, os mais fiéis discípulos de Marx. No entanto, seu sucesso dependia de que abandonassem uma boa parcela dos ensinamentos de seu mestre.

Marx previu que a revolução surgiria primeiro nos países altamente industrializados. Hoje está claro que isso foi um erro, mas ele estava certo no sentido de que o tipo de revolução que previa não poderia ocorrer num país atrasado como a Rússia, onde os trabalhadores da indústria representavam uma minoria. Marx vislumbrou um proletariado hegemonicamente poderoso, que varreria um pequeno grupo de oponentes e, então, governaria democraticamente por meio de representantes eleitos. O que de fato ocorreu, na Rússia, foi a tomada do poder por um pequeno corpo de revolucionários profissionais destituídos de classe, que alegava representar o homem comum, mas que não foi por ele escolhido, nem atende genuinamente a seus interesses.

Do ponto de vista de Lênin, isso era inevitável. Ele e seu grupo tinham de ficar no comando, uma vez que apenas eles eram os verdadeiros herdeiros da doutrina marxista, e era óbvio que não permaneceriam no poder democraticamente. A "ditadura do proletariado" só poderia ser uma ditadura de um punhado de intelectuais, reinando por meio do terrorismo. A revolução estava salva, mas, daí em diante, o Partido Comunista Russo se desenvolveu numa direção que Lênin possivelmente desaprovaria se tivesse vivido mais.

Naquela posição, os comunistas russos transformaram-se necessariamente numa casta governante permanente ou numa oligarquia, recrutada não pelo nascimento, mas por adoção. Uma vez que não podiam arriscar o crescimento da oposição, não podiam permitir a crítica genuína e, uma vez que a silenciavam, freqüentemente cometiam erros evitáveis; então, por não poderem admitir que aqueles erros eram seus, tinham que arranjar bodes expiatórios, às vezes em enorme escala.

O resultado é que a ditadura endureceu à medida que o regime tornou-se mais seguro, e, hoje, a Rússia talvez esteja mais distante do socialismo igualitário do que estava há 80 anos. No entanto, como Plamenatz corretamente nos alerta: jamais, por um momento sequer, devemos imaginar que o fervor original desapareceu. Os comunistas podem ter pervertido seus objetivos, mas não perderam sua mística. A crença de que eles, e somente eles, são os salvadores da humanidade permanece inquestionável como sempre. Nos anos de 1935-39 e 1941-44, era fácil acreditar que a URSS havia abandonado o ideal da revolução mundial, mas agora está claro que não era esse o caso. A idéia jamais foi abandonada: apenas foi modificada, de modo que o termo "revolução" tende mais e mais a significar "conquista".

O futuro

Sem dúvida inevitável num livro tão pequeno, Plamenatz restringe-se a uma faceta de seu tema, e pouco fala sobre o papel e o caráter dos partidos comunistas fora da URSS. Se o regime russo se tornará, ou até se poderá se tornar, mais liberal por vontade própria é uma questão raramente abordada. Essa última pergunta é importantíssima, mas, por falta de precedentes, apenas se pode imaginar a resposta.

Enquanto isso, enfrentamos um movimento de alcance mundial que ameaça a própria existência da civilização ocidental e que não perdeu nem um pouco do seu vigor por ter se tornado, em certo sentido, corrupto. Plamenatz conclui com frieza que, embora a URSS não vá precipitar uma agressiva guerra contra o Ocidente, seus dirigentes consideram inevitável uma batalha de morte e jamais chegarão a um verdadeiro acordo com aqueles que julgam ser seus inimigos naturais. Evidentemente, como o comandante Stephen King-Hall afirma na introdução, se desejarmos combater o comunismo, devemos começar por entendê-lo. Mas, além da compreensão, encontra-se a tarefa ainda mais difícil de ser compreendido e – um problema que poucos parecem ter considerado seriamente até o momento – de encontrar algum modo de apresentar o nosso ponto de vista ao povo russo.

A utopia de Oscar Wilde

A OBRA DE OSCAR WILDE ressurge nos palcos e nas telas, e é bom lembrarmos que Salomé e *lady* Windermere não foram suas únicas criações. *A alma do homem sob o socialismo*, por exemplo, publicado pela primeira vez há quase 60 anos, envelheceu consideravelmente bem. Wilde não era, em qualquer acepção do termo, propriamente um socialista, mas era um observador simpático e inteligente; embora suas profecias não tenham se concretizado, elas não se tornaram irrelevantes com o passar dos anos.

A visão que Wilde tem do socialismo, que naquele momento provavelmente era partilhada por muitas pessoas menos articuladas do que ele, é utópica e anarquista. A abolição da propriedade privada, diz, tornará possível o completo desenvolvimento do indivíduo e nos libertará da "sórdida necessidade de viver para outrem". No futuro socialista, não somente não haverá escassez e insegurança, como também não haverá trabalho penoso, doenças, fealdade, desperdício do espírito humano em inimizades fúteis e rivalidades.

LIVRE-ARBÍTRIO

A dor perderá importância; de fato, pela primeira vez na história, o Homem será capaz de concretizar sua personalidade por meio da alegria, e não do sofrimento. O crime desaparecerá, uma vez que não haverá qualquer motivo econômico que o desencadeie. O Estado cessará de governar e sobreviverá apenas como uma agência de distribuição de bens necessários. Todos os trabalhos degradantes serão feitos por máquinas, e todos serão completamente livres para escolher seu próprio ofício e seu próprio estilo de vida. Com efeito, o mundo será povoado por artistas, entregues à busca da perfeição na forma que melhor lhes convier.

Hoje, essas previsões auspiciosas ensejam uma dolorosa leitura. Wilde percebeu, é claro, que havia tendências autoritárias no movimento socialista, no entanto, não acreditou que elas fossem prevalecer e, com uma espécie de ironia profética, escreveu: "Creio que dificilmente um socialista, nos dias de hoje, proporia, a sério, que um inspetor fosse toda manhã de casa em casa para ver se cada cidadão se levantou e cumpriu sua jornada de oito horas de trabalho braçal" – que, infelizmente, é o tipo de coisa que muitos socialistas modernos propõem. Evidentemente, algo de errado aconteceu. O socialismo, no sentido de coletivismo econômico, está conquistando o planeta a uma velocidade que dificilmente pareceria possível há 60 anos, e, no entanto, a Utopia – ao menos a Utopia de Wilde – não está mais próxima. Onde, então, repousa a falácia?

Se observarmos mais de perto, podemos ver que Wilde adota dois pressupostos comuns, mas injustificáveis. O primeiro é o de que o mundo é imensamente rico e o sofrimento é decorrente, sobretudo, da má administração. Igualem-se o milionário e o varredor de ruas, Wilde parece dizer, e haverá o suficiente para todos. Até a Revolução Russa, essa crença era muito disseminada – "famintos em meio à fartura" era uma frase de predileção –, mas era falsa, e sobreviveu apenas porque os socialistas pensavam sempre nos países ocidentais altamente desenvolvidos e ignoravam a assustadora miséria da Ásia e da África. Na verdade, o problema que atinge o mundo como um todo não é como distribuir a riqueza existente, mas como aumentar a produção, sem a qual a igualdade econômica significa simplesmente miséria compartilhada.

Em segundo lugar, Wilde pressupõe que proporcionar uma situação na qual todos os trabalhos desagradáveis sejam feitos por máquinas seja uma tarefa simples. As máquinas, afirma ele, são a nossa nova raça de escravos: uma metáfora tentadora, mas enganadora, uma vez que uma grande variedade de trabalhos – praticamente qualquer trabalho que exija grande flexibilidade – não pode ser realizada por máquinas. Na prática, mesmo nos países mais industrializados, uma enorme quantidade de trabalho tedioso e exaustivo tem que ser feita por relutantes músculos humanos. No entanto, ao mesmo tempo, isso implica direção de trabalho, horas de trabalho fixas, valores salariais diferenciados, e toda a sujeição ao Estado que Wilde abomina. A versão wildeana do socialismo somente se concretizaria num mundo não apenas muito mais rico, mas também tecnicamente mais avançado do que o atual. A supressão da propriedade privada não coloca por si só comida na boca de ninguém. É apenas o primeiro passo num período de transição que certamente tende a ser laborioso, desconfortável e longo.

Fraternidade

No entanto, isso não quer dizer que Wilde esteja completamente equivocado. O problema com períodos de transição é que o panorama severo que geram tende a se tornar permanente. Ao que parece, foi isso o que aconteceu na União Soviética. Uma ditadura supostamente estabelecida para um objetivo limitado tornou-se indispensável, e o socialismo passou a ser sinônimo de campos de concentração e forças policiais secretas. O panfleto de Wilde e outros escritos afins – *Notícias de lugar nenhum* [William

Morris, 1890] – conseqüentemente têm o seu valor. Podem exigir o impossível e podem – uma vez que uma utopia necessariamente reflete as idéias estéticas de seu próprio período –, às vezes, parecerem "datados" e ridículos, mas ao menos dirigem o olhar para além da era de filas de comida e de disputas partidárias e relembram ao movimento socialista seu objetivo original, parcialmente esquecido, de fraternidade humana.

Parte II

~ As Resenhas

(1942-48)

Um crítico americano

The Wound and the Bow[*], de Edmund Wilson

(Secker and Warburg, 15s.)

Embora este novo livro de ensaios críticos de Edmund Wilson abarque de Sófocles a Hemingway, passando por Casanova e Edith Wharton, a obra é essencialmente valiosa devido a dois longos estudos sobre Dickens e Kipling, os quais incorporam ao texto uma certa dose de pesquisa original, ou, ao menos, de informações pouco conhecidas. Escrevendo em 1940 ou 1941, após a publicação das memórias de Gladys Storey[**], Wilson é capaz de usar detalhes biográficos que críticos anteriores a Dickens julgaram irrelevantes ou vergonhosos segredos, que jamais deveriam ser mencionados. O contraste entre a personalidade literária de Dickens – sua emanação literária, por assim dizer – e sua vida privada é ainda mais desconcertante do que o normal entre escritores criativos; e, conquanto não alcance qualquer conclusão definitiva, Wilson ao menos consegue lançar brilhantes focos de luz sobre alguns recantos mais obscuros.

Única filha de Dickens ainda viva, a sra. Perugini escreveu um livro de memórias sobre seu pai, que logo destruiu, pois ofere-

[*] Publicado no Brasil com o título: *Raízes da Crítica Literária* (Rio de Janeiro, Lidador, 1965). [N.T.]

[**] A autora britânica Gladys Storey (1897-1964) publicou, em 1939, o livro *Dickens and Daughter*, no qual apresenta as memórias de Kate Dickens, a segunda filha do escritor. [N.T.]

cia "apenas uma meia verdade", mas cuja essência mais tarde transmitiria oralmente a Gladys Storey. Estas memórias revelaram a verdade a respeito de Ellen Lawless Ternan, que é enigmaticamente citada no testamento de Dickens e que, de fato, durante os últimos anos de sua vida, foi sua amante. Wilson observa, com muita sagacidade, que o nome dessa garota aparece em formas quase anagramáticas em seus três últimos romances (Estella Provis, Bella Wilfer e Helena Landless). O que chama a atenção não é o fato de Dickens ter favorecido uma amante, mas de ter sido tão abominável e evidentemente cruel com sua esposa, e ao menos tirano com seus filhos.

> "Eu amava meu pai", disse a sra. Perugini, "mais do que qualquer homem no mundo – de um modo diferente, é claro... Eu o amava por seus defeitos". E acrescentou, ao se dirigir à porta: "Meu pai era um homem pernicioso – um homem muito pernicioso".

É um estranho epitáfio para o autor de *Pickwick Papers*. Caso Dickens seja julgado por sua personalidade literária, a única faceta realmente importante agora, é evidente que não se trata de um homem pernicioso. Em sua obra, é notável uma certa benevolência natural, e nas poucas passagens em que seu senso moral lhe trai sente-se imediatamente o contraste. No entanto, a última pessoa que se lembra dele, o considerava pernicioso. Somos forçados a acreditar em uma espécie de personalidade dividida, na qual David Copperfield, e não Charles Dickens, é o homem real. Wilson, de fato, atribuiu uma evidente feição criminosa a Dickens, e o ensaio perde-se em uma discussão sobre o significado de Edwin Drood, sobre o qual Wilson tem uma teoria nova e sensacional.

Dickens escrevia com um propósito, e todos os críticos sérios de sua obra notaram isso, mas os mesmos divergem sobre o caráter moral ou político desse "propósito". Em um extremo está Chersterton, que por pouco não transformou Dickens em um medievalista católico, e no outro T.A. Jackson, que apresentou Dickens não somente como um marxista quase perfeito, mas também – proeza ainda mais difícil – como um naturalista extremado. Wilson, que está a meio caminho entre os dois, embora mais inclinado à escola de Jackson, é extremamente feliz ao assinalar que os temas dos romances de Dickens refletem, primeiro, sua crença na classe média comercial e, em seguida, sua desilusão com ela, e apresenta o interessante argumento de que em seu último romance completo, *Our Mutual Friend*, Dickens demonstra uma simpatia, que não se revelara anteriormente, pela pequena aristocracia (Wraybrun, Twemlow) e pelo proletariado (Lizzie Hexam). No entanto, ele não acrescenta que, em *Our Mutual Friend*, a opinião de Dickens fecha um ciclo e retorna à noção primeira de que a benevolência individual tudo cura, tendo aparentemente abandonado qualquer esperança de uma solução política. Além do mais, Wilson talvez superestime o aspecto simbólico da obra de Dickens e subestime o lado mecânico da narrativa comercial, porém esse é o melhor ensaio a respeito do escritor que surgiu nos últimos anos.

Se o trabalho sobre Kipling é menos satisfatório, talvez seja por ele estar mais próximo de nosso tempo e, por isso, mais apto a despertar sentimentos antibritânicos. Não sei se Wilson é um daqueles norte-americanos que evitam visitar a Inglaterra para que seu ódio pela ilha não se desvaneça, mas, às vezes, passa essa impressão. O ensaio sobre Kipling, no entanto, contém um material biográfico bastante interessante. O escritor passou vários anos nos Estados Unidos, e acabou se envolvendo em um debate no qual se comportou muito indignamente, e todo o episódio talvez sirva para lançar uma luz sobre seu peculiar papel como apóstolo sedentário da violência. É uma pena que, no mais, Wilson se ocupe principalmente das histórias posteriores de Kipling, escritas após 1918. A despeito de qualquer interesse psicológico que tais escritos possuam, algo se partira dentro de Kipling naquele momento, e as histórias são sintéticas. Wilson mal menciona sua poesia, evidentemente concordando com a visão aceita de que o autor é essencialmente um prosador.

Os outros ensaios do livro são menos significativos, mas há entre eles uma interessante elucidação sobre o *Finnegans Wake*, de Joyce. Embora sua escrita seja por vezes desleixada e, até mesmo, banal, Wilson é um dos poucos críticos literários da atualidade que dá a impressão de ter amadurecido e digerido os ensinamentos de Marx, em vez de simplesmente rejeitá-los ou engoli-los de todo.

Retrato do General

Charles de Gaulle, de Philippe Barrès

(Hutchinson, 9s. 6. net.)

O LIVRO DE PHILIPPE BARRÈS pode ser considerado a biografia "oficial" do general De Gaulle, e, levando-se em conta a época em que foi escrito – ao longo do verão* de 1941 –, talvez ofereça o relato mais franco e completo possível a respeito do movimento da França Livre. Embora o silêncio necessário recaia sobre alguns pontos – tais como a campanha da Síria e a malograda expedição a Dakar –, apresenta fartos detalhes sobre as circunstâncias da queda da França, e tem o mérito de citar na íntegra a maior parte dos documentos relevantes.

Como agora é de conhecimento geral, a visão do general De Gaulle sobre a guerra mecanizada, ignorada por seus próprios compatriotas, foi adotada e posta em prática pelos alemães, que, de fato, parecem ter organizado suas divisões blindadas para a campanha na Polônia com base nas idéias apresentadas no livro de De Gaulle, publicado cinco anos antes. Entre os anos da ascensão de Hitler e a eclosão da guerra, De Gaulle esforçou-se o melhor que pode, essencialmente via Paul Reynaud**, na defesa de uma concepção de guerra mais moderna do que a contida na

* No Hemisfério Norte. [N.E.]

** Nomeado primeiro-ministro francês em 1940. Foi o penúltimo primeiro-ministro da Terceira República francesa. [N.E.]

linha Maginot*, além de sustentar a idéia de um Exército de 5 milhões de recrutas. O capítulo V do livro de Barrès apresenta o texto do memorando que De Gaulle enviou ao Alto Comando em janeiro de 1940, após cinco meses de guerra "falsa". Em geral, o documento prenuncia exatamente os fatos que se desenrolariam alguns meses depois.

É desnecessário dizer que seus apelos não foram atendidos. De Gaulle amargou na obscuridade até a Batalha da França, quando, por um breve período, assumiu um importante comando e obteve alguns triunfos de menor monta com as precárias forças à disposição. Por acaso, naquelas poucas semanas, ele conquistou renome suficiente para tornar-se o centro aglutinador dos franceses que desejavam perseverar na luta. Mas, além da Alemanha, por que ninguém escutou seus ensinamentos antes? Para simplificar, em termos técnicos, é muito fácil compreender. Entre as duas guerras, há um intervalo de apenas 21 anos, e os generais que venceram a guerra de 1914, ou que julgaram a ter vencido, ainda estavam no comando. Era instintivo achar que nada mudara, do mesmo modo que o duque de Wellington lutou para manter o Exército britânico em 1850 tal qual fora em Waterloo. Havia também o pacifismo da opinião pública, decepcionada com a vitória e somente disposta a aceitar, como na Inglaterra, uma política de defesa neutra. Barrès, no entanto, mal menciona as causas políticas e econômicas mais profundas da queda da França. Um livro desse tipo, escrito no calor dos acontecimen-

---

* A linha Maginot, assim chamada em homenagem ao ex-ministro francês da Defesa André Maginot, estabelecia com tanques, obstáculos fortificados e metralhadoras, uma fronteira de segurança com a Alemanha. Construída no despertar da Primeira Guerra Mundial, a linha foi concebida com base na idéia de que pudesse frear qualquer avanço pela fronteira até que o Exército francês fosse mobilizado. [N.E.]

tos, com certeza há de evitar certos temas. A situação revela-se delicada, pois enquanto na França os "colaboradores" são os políticos de direita, a França Livre é literalmente uma colcha de retalhos política. O próprio general De Gaulle, denunciado diariamente nas rádios como judeu marxista e franco-maçom, é um católico da aristocracia provinciana e talvez com antecedentes monarquistas. A intenção de Barrès é evitar associar um programa político ao movimento da França Livre, apesar de que, desde o momento em que o livro foi escrito, foram tomadas algumas medidas neste sentido. No texto de Barrès, De Gaulle aparece simplesmente como a personificação de "*la patrie*", do impulso natural que faz os homens comuns de todas as opiniões se unirem contra o invasor estrangeiro. De modo franco e correto, este livro é uma homenagem digna. A tradução para o inglês, no entanto, poderia ser melhor.

Retrato de um viciado

A Modern De Quincey, do capitão H.R. Robinson
(Harrap, 8 s. 6 d.)

De outro modo injustificável, o título deste livro tem a desculpa de que seu autor, como De Quincey, apresenta um grande interesse em suas próprias reações, como fumador de ópio. Oficial do Exército indiano, subordinado à Polícia Militar da Birmânia, ele deu baixa em 1923 e instalou-se por alguns anos em Mandalay, onde, embora tenha tido um pequeno interlúdio como monge budista e feito malogrados esforços de explorar uma mina de ouro e administrar um negócio de carros de aluguel, se devotou quase exclusivamente ao consumo de ópio. Após uma rápida visita à Inglaterra, durante a qual tentou, praticamente em vão, curar-se do vício, retornou a Mandalay, e, ao ser preso por dívidas, tentou o suicídio – um terrível infortúnio, pois, em vez de estourar os miolos como desejava, simplesmente estourou os dois globos oculares, cegando-se por toda a vida.

Este esboço grosseiro dos fatos faz justiça ao livro do capitão Robinson, que, a despeito das longas passagens devotadas às delícias do ópio, deixa muitas coisas sem explicação. Aqueles que, em 1923, o conheceram em Mandalay não conseguiam compreender como um jovem saudável e aparentemente feliz podia se entregar a um vício tão debilitante e incomum entre os europeus – e sobre esse aspecto o livro não oferece mais esclarecimentos. O capitão Robinson somente explica que, certa noite, em

Mandalay, ao se deparar com alguns chineses fumando ópio, decidiu experimentar para ver como era, e daí por diante tornou-se um habitual consumidor da droga. Certamente, alguma outra razão houve para esse desejo de fuga da realidade. Tal motivo jamais é mencionado, mas pode-se encontrar uma pista na primeira parte do livro, que descreve as aventuras do capitão Robinson como oficial de fronteira entre as tribos pouco conhecidas no recanto nordeste da Birmânia.

Quais são os prazeres do ópio? Infelizmente, como tantos outros, são indescritíveis. É mais fácil descrever as misérias que se abatem sobre o fumador quando privado da droga; ele é tomado por uma fervorosa agitação, então por violentos surtos de bocejos, e finalmente uiva tal qual um cão, um barulho tão aflitivo que, em geral, ao ser encarcerado em uma cadeia indiana, o fumador de ópio recebe ilegalmente doses reduzidas da droga para permanecer quieto. Como muitos outros fumadores, sob a influência da droga, o capitão Robinson sentia-se possuidor de uma sabedoria quase divina. Estava ciente de que não apenas sabia o segredo do universo, mas que o reduzira a uma única sentença, que infelizmente era incapaz de recordar sempre que despertava. Uma noite, a fim de que pudesse garantir que a lembraria, tomou de um bloco e um lápis quando se deitou para fumar. A sentença na qual toda sabedoria estava contida revelou-se: "A banana é grandiosa, mas a casca é ainda mais".

Este livro é uma pequena, mas ainda assim valiosa contribuição à literatura sobre o ópio. Embora apresentados de forma amadorística, os fatos são verdadeiros, e a descrição da tentativa de suicídio vale por todo o livro. Além disso, saber o que se passa na mente de um homem em face da morte iminente – que, por exemplo, embora disposto a estourar seus miolos, possa estar igualmente receoso de causar a si mesmo um ferimento desfigurante –

é profundamente interessante. Aqueles que o conheceram naqueles dias ficarão felizes ao ver a fotografia do capitão Robinson no início do livro – prova de sua continuada existência –, totalmente curado do vício do ópio e aparentemente bem adaptado e feliz, apesar da cegueira.

A França não é só Paris

France is a Democracy, de Louis Lévy

(Gollancz, 5s.)

Ainda que não tivesse nenhuma outra qualidade, o livro de Louis Lévy prestaria um bom serviço por lembrar ao leitor inglês médio que a França não é só Paris. Para nossos avós, a França significava champanhe barato, teatro aos domingos e romances de Paul de Koch. Esse mito praticamente desapareceu, mas, em anos recentes, houve uma tendência igualmente perigosa de nada se enxergar na França além do comportamento espalhafatoso de alguns poucos políticos parisienses. Nos anos anteriores à guerra, até mesmo depois de Munique, muitos observadores de nosso país tomaram a *Front Populaire* em sentido literal e ignoraram o forte pendor pacifista do movimento trabalhista; por outro lado, em 1940 e até mesmo depois, havia neste país a crença generalizada de que toda a França estava disposta a "colaborar". Acreditava-se que a França estivesse pronta, ou para o comunismo, ou para o fascismo, e as fortes tradições democráticas da população foram negligenciadas. É para corrigir tal visão equivocada e reintroduzir as províncias na imagem que os ingleses têm da França que o livro de Lévy foi escrito.

Quase metade do livro é uma espécie de pesquisa topográfica que percorre um por um os departamentos franceses e indica o matiz político de seus habitantes. Embora seu principal objetivo seja demonstrar que o radicalismo e o republicanismo têm raízes profundas praticamente em toda parte, essa pesquisa tem o valor adicional de relembrar aos leitores ingleses as consideráveis variações regionais desse grande país que é a França. Lévy sequer se incomoda de desviar-se de vez em quando para tecer algumas observações sobre os vinhos e queijos locais. Sua principal preocupação, no entanto, é oferecer um pano de fundo aos seus capítulos sobre história política e, assim, demonstrar por que a França caiu tão facilmente e por que a ruína da democracia francesa não deverá ser duradoura.

A França foi derrotada militarmente, entretanto, acredita-se que a traição das classes governantes foi de suma importância, e não há dúvidas de que a atitude do homem comum facilitou essa traição. Um certo tipo de pacifismo estava amplamente disseminado, e seu efeito foi tornar tanto a preparação para a guerra quanto um firme sistema de alianças quase impossível. A pequena taxa de natalidade francesa e as terríveis perdas sofridas pelo país durante a última guerra tornaram quase inevitável que a guerra representasse o pior dos males para uma população que claramente não conquistou qualquer benefício com a vitória de 1918. Os operários, por exemplo, não eram só antifascistas, mas também tradicionalmente antimilitaristas; os professores eram antifascistas, mas apresentavam uma tendência para um pacifismo "puro"; os camponeses eram republicanos, mas sabiam que a guerra não vale a pena – e, ademais, muitos perderam seus pais e tios em Verdun*.

Assim, em cada ponto no qual o avanço fascista pudesse ser contido, mesmo quando a Frente Popular estava no poder, era possível refrear o entusiasmo da população comum frente à ameaça de que uma atitude enérgica "poderia significar guerra". Quan-

* Ocorrida entre 21 de fevereiro e 19 de dezembro de 1916, a batalha de Verdun foi uma das mais sangrentas e duradouras da Primeira Guerra Mundial. [N.T.]

do esta de fato veio, o governo não tinha razões para se manter firme depois de uma série de recuos e, além disso, o Partido Comunista, particularmente poderoso na região de Paris, havia, naquele momento, mudado de lado devido ao pacto russo-germânico.

Tendo demonstrado por que o camponês, o operário, o pequeno funcionário e o comerciante franceses permitiram que seus inimigos naturais os impelissem a uma política suicida, Lévy apresenta o pano de fundo anteriormente delineado, com o objetivo de expor que tipo de reação há de ocorrer em cada caso. Não há apoio popular que sustente qualquer regime imposto por Pétain ou pelos alemães. O respeito pelo indivíduo e pelos processos democráticos não pode ser erradicado, pois, como Herriot* disse, "A liberdade não morrerá no país onde nasceu".

Lévy não assevera que regime se seguirá à derrocada alemã. Obviamente será um regime socialista; parte porque nenhum outro funcionará, parte porque a "colaboração" dos ricos os desacreditou, e a pilhagem sistemática dos alemães simplificará a tarefa de nacionalização da indústria. Ele tem esperança de que seja um regime democrático, mas teme as chances de uma interferência externa. Não é um seguidor acrítico de De Gaulle, e não fica satisfeito quando vê homens como o ex-fascista Charles Vallin entre os aliados do general. "Os franceses", afirma, "endossaram o 'gaullismo' político porque lhes foi apresentado como um movimento democrático, mas estão receosos. Acima de tudo, temem, em especial, ditaduras militares e militares na política".

Várias citações da imprensa clandestina demonstram que as forças de resistência na França, ainda que desejosas de aceitar o general De Gaulle como líder provisório, até que um governo constitucional possa ser estabelecido, não lutam para substituir

* Édouard Herriot (1872-1957), político francês. [N.T.]

uma ditadura por outra. E, próximo ao fim, Lévy insere essa importante advertência:

> Qualquer um que busque impor à democracia francesa um governo em desacordo com seus desejos descobrirá que lançou as bases para a mais terrível e sangrenta das guerras civis.

Esse ponto é reforçado pelo professor Laski, que contribui com uma excelente introdução e expressa, com mais veemência que Lévy, suas dúvidas acerca da compleição política do movimento gaullista.

Revolta no deserto urbano

Reflections on the Revolution of Our Time, de Harold Laski
(Gee, Allen and Unwin, 15 s.)

Este livro é uma impressionante e corajosa tentativa de desbaratar a desordem intelectual em que vivemos. Definindo o que se entende por socialismo e fascismo, e proclamando os fins que devemos almejar e os perigos à frente, Laski evita a mera propaganda tão completamente quanto o faria qualquer um que estivesse pessoalmente envolvido em política. Ademais, exprime opiniões impopulares de forma igualmente corajosa. Ele tem a vantagem de ter raízes mais profundas do que a maioria dos pensadores de esquerda; não ignora o passado, nem despreza seus compatriotas. No entanto, a posição de quem é um socialista por opção e um liberal por temperamento não é confortável e, embora jamais empregue tais palavras, o livro de Laski, de fato, gira em torno desta questão.

Isso fica mais evidente no capítulo sobre a Revolução Russa e no longo capítulo, mais ao final, intitulado "The Threat of Counterrevolution" [A ameaça da contra-revolução]. Laski está justamente preocupado com a ameaça de que o totalitarismo possa, em breve, estender suas garras aos países que atualmente se proclamam democráticos. Ele percebe com clareza que a guerra não promoveu qualquer mudança estrutural na Inglaterra ou nos Estados Unidos, que os antigos problemas econômicos se repetirão de forma mais imperiosa no momento em que se encerrem os combates, e que a usurpação de privilégios, que pode ter sido aceita no momento de perigo à nação, será repelida quando o inimigo não mais estiver à porta. Ele provavelmente está certo, portanto, ao afirmar que, caso não sejam empreendidas as reformas necessárias durante a guerra, quando o consenso geral é de certo modo viável, logo terão que ser impostas por meio da violência e ao custo de um longo período ditatorial. Poucos pensadores discordarão das reformas que Laski claramente deseja: a centralização da propriedade, o planejamento da produção, a igualdade social e o "Estado positivo". No entanto, de forma apressada – de fato, com um otimismo quase à moda do século XIX –, ele acredita que não só é possível combinar, como se combinará, tudo isso com democracia e liberdade de pensamento.

Ao longo de todo o livro, há uma aparente má vontade em admitir que o socialismo apresenta possibilidades totalitárias. Ele simplesmente descarta o fascismo como a fase extrema do capitalismo monopolista. Esse é o costumeiro diagnóstico da esquerda, embora seja aparentemente adotado conforme o princípio de *extra ecclesiam nulla salus* [lit. "fora da Igreja não há salvação"] e preceda uma falsa conclusão. Como o fascismo era evidentemente não-socialista, segue-se que só pode ser uma forma de capitalismo. Mas, por definição, o capitalismo não pode dar certo, portanto o fascismo não pode dar certo – ou, na melhor das hipóteses, pode apenas, como qualquer economia capitalista, solucionar os problemas do excedente produtivo por meio da guerra.

Os Estados fascistas, presume-se, são inerente e inevitavelmente belicosos. Laski repete isso vezes sem fim – "a contra-revolução", afirma, "há de ir à guerra". Na realidade, é necessário apenas olhar o mapa para ver que a maior parte das contra-revoluções não vai à guerra e a evita a todo custo. Alemanha, Itália e Japão corroboram a tese de Laski; no mais, um após outro, inúmeros países, na Europa e na América, vivenciaram processos contra-revolucionários e adotaram uma economia fascista, sem se engajarem em guerras externas. Será que almejavam a guerra ditadores como o general Franco, o marechal Pétain, o dr. Salazar ou uma meia dúzia de ditadores sul-americanos de menor estatura? Parece-me que o ponto essencial a respeito do fascismo não é o fato de resolver seus problemas por meio da guerra, mas de resolvê-los sem democracia e sem abolir a propriedade privada. A premissa de que todo sistema totalitarista finalmente se arruinará em guerras sem sentido é, portanto, injustificada.

Desnecessário dizer que Laski não está disposto a admitir qualquer semelhança entre os sistemas alemão e russo. Há muito do que não gosta no regime soviético, e ele afirma isso com uma coragem que o deixará em maus lençóis com a esquerda. Talvez, ele seja até mesmo duro demais com o culto "oriental" dedicado ao marechal Stalin – uma vez que este, afinal, não é exaltado de forma mais submissa que um rei ou um milionário. No entanto, ele defende a purgação, a GPU [Administração Política do Estado] – precursora da KGB [Comitê para a Segurança do Estado] –, e a supressão da liberdade intelectual ao afirmar que tudo isto é conseqüência do atraso e da insegurança da União Soviética. Caso se garanta efetivamente que a Rússia ficará livre da agressão estrangeira, afirma, a ditadura se enfraquecerá. Essa é uma resposta frágil, uma vez que a ditadura russa estreitou-se ainda mais à medida que a URSS se fortalecia militar e economicamente.

O que o regime soviético apresentou é o mesmo que apresentaram os Estados fascistas, apenas com uma nova roupagem: que as "contradições" do capitalismo podem ser superadas sem democracia e sem qualquer acréscimo de liberdade individual. A insegurança econômica pode ser abolida ao custo de entregar a sociedade a uma nova linhagem de oligarcas. Isso não é, por si só, um argumento contra o sistema soviético, uma vez que as concepções ocidentais de liberdade e democracia podem ser igualmente estéreis. No entanto, caso não o sejam, certos aspectos da política russa são, portanto, indefensáveis. Laski não acena com o desejo de ter os dois, e aí reside a principal fragilidade de seu livro.

É evidente que sua inclinação natural é pela liberdade, e até mesmo por uma versão antiquada de liberdade. Suas observações sobre educação apontam para uma perspectiva individualista dificilmente compatível com qualquer tipo de "Estado positivo". Acima de tudo, deve ele perceber que o socialismo, caso se limite somente à propriedade centralizada e à produção planejada, não é por sua própria natureza nem democrático nem igualitário. Uma versão hierárquica do socialismo (o "Estado servil" de Hillaire Belloc) é provavelmente tão viável quanto as outras, e, neste momento, muito mais provável de ocorrer. Vezes sem fim, Laski reitera que a vitória na presente guerra nada conquistará caso deixe sem solução nossos antigos problemas econômicos, e, sem dúvida, ele tem razão. No entanto, é uma pena que não diga com mais veemência que resolver nossos problemas econômicos nada significará, uma vez que, como a derrota de Hitler, será apenas mais um passo em direção à sociedade livre e à igualdade entre os seres humanos, que ele próprio tão claramente almeja.

Espanha oculta

Spain in Eclipse, 1937-1943, de E. Allison Peers
(Methuen, 15 s.)

Behind the Spanish Mask, de Lawrence Dundas
(Robert Hale, 6s.)

Os títulos destes dois livros são um sintoma do fato de que sabemos muito pouco sobre o que está acontecendo na Espanha desde o final da Guerra Civil. Há fome e pestilência, muitas pessoas estão encarceradas, e o regime é notadamente favorável ao Eixo – isso é quase tudo que o senso comum abarca. Opiniões sobre qualquer outra coisa são provavelmente matizadas por simpatias políticas do escritor, e deve-se ter em mente que Dundas é vigorosamente pró-republicano, enquanto Peers deveria ser descrito como moderado, e lamentavelmente pró-Franco.

Peers dedica parte de seu livro à Guerra Civil, mas os melhores capítulos são aqueles que abordam os últimos quatro anos. Ele considera que, por determinado período, o regime de Franco obteve apoio majoritário; que a opressão política foi possivelmente exagerada; e que o apoio aos nazistas não teve solidez. No entanto, não acredita que o regime dure muito mais, e, embora pessoalmente aguarde alguma espécie de regime monarquista liberal, crê que uma guinada para a extrema esquerda não seja impossível.

É impressionante que Peers pareça tão surpreso quanto aflito de que o governo espanhol "não-beligerante" tenha sido tão consistentemente inamistoso conosco. Ele lista as infindáveis provocações, e as inspiradas campanhas de difamação na imprensa espanhola, como se isso contradissesse de algum modo a reputação prévia de Franco. Na verdade, porém, nunca houve muita dúvida sobre o alvo das simpatias de Franco e de seus mais influentes seguidores, e 1936 era o momento em que talvez fosse proveitoso apontar que Franco era amigo de nossos inimigos. Na época, Peers nada fez nesse sentido. Ninguém o acusaria de falsear os fatos, mas o tom dos livros que então escrevia tendia, deixando pouco espaço à dúvida, a tornar a causa nacionalista mais respeitável aos olhos britânicos. Na medida em que os livros influenciam os acontecimentos, Peers pode ser julgado por contribuir para estabelecer o regime de Franco e agora não pode se espantar, pois o comportamento franquista segue, em grande parte, as previsões então feitas por cada defensor da República.

O livro de Dundas é escrito a partir da tese especulativa, mas interessante, de que um tipo de revolução muito diferente – uma rebelião conservadora, mas não fascista – fora inicialmente planejada, e que os acontecimentos apenas tomaram outro rumo devido à morte de Sanjurjo* e devido aos nacionalistas que, tendo falhado em sua primeira tentativa de golpe, apelaram para a ajuda dos alemães e italianos, que impuseram seus próprios termos. A importância disso é que o regime que estava sendo implementado é, como afirma Dundas, "não-espanhol". É um regime modelado em linhas estrangeiras e intolerável do ponto de vista de um espanhol comum, mesmo de um aristocrata: em um momento de emergência pode, portanto, revelar-se frágil. O livro

* Sanjurjo liderou as forças rebeldes na eclosão da Guerra Civil Espanhola em julho de 1936. Sua morte permitiu a Franco assumir o poder e proclamar-se chefe de Estado.

contém alguns detalhes interessantes sobre os acontecimentos da Guerra Civil em Mallorca. No entanto, Dundas está certamente equivocado ao sugerir que Franco lutará ao lado do Eixo se os aliados invadirem a Europa. A fidelidade não é o ponto forte dos pequenos ditadores.

Na linha de fogo

Armies and the Art of Revolution, de K.C. Chorley
(Faber, 12 s. 6d.)

Em última análise, a sociedade, como a conhecemos, baseia-se na força. Além disso, vivemos em uma época na qual o poder físico desnudado tende mais e mais a superar o poder econômico em importância. A estrutura e o panorama político de exércitos, marinhas e aeronáuticas é, portanto, um tema de vital importância, considerado tanto do ponto de vista revolucionário, quanto do reacionário. Como o capitão Liddell Hart afirma no prólogo a esse livro, a relação entre as forças armadas e a sociedade não foi ainda alvo de tantos estudos quanto merece. O livro de Chorley, embora apresente algumas lacunas, é uma introdução estimulante.

Dois fatos importantes emergem de todas as revoluções ou guerras civis analisadas pela autora. O primeiro é que, no mundo moderno, uma insurreição popular jamais suplantará um Exército regular que, de fato, imponha sua força. Em todo episódio que aparentemente invalida essa asserção, sempre houve intervenção externa, ou simpatia pelos rebeldes por parte das forças armadas, ou algum outro fator obscuro que pode não ser estritamente militar, mas que é parte da situação estratégica. Um bom exemplo é a Guerra Civil Irlandesa, que Chorley examina com certa minúcia. Aqui o fator obscuro foi a opinião pública inglesa (e norte-americana). A estratégia dos nacionalistas irlandeses era não se entregar a um combate real, no qual certamente seriam derrotados, mas tornar moralmente impossível a reação dos britânicos. Usaram táticas de guerrilha (assassinatos, ataques relâmpagos contra soldados desarmados promovidos por homens em trajes civis etc.) que só poderiam ser contidas por uma brutal política de retaliação. A respeito disso, não havia consenso entre os ingleses, devido possivelmente não a algum humanitarismo desmedido, mas ao fato de a opinião pública inglesa ser amplamente solidária com os irlandeses, e à impossibilidade de ignorar a opinião mundial. Táticas de guerrilha semelhantes pouco impressionaram os japoneses, que expulsaram estrangeiros de seus domínios e não têm uma consciência não-conformista contra a qual se debater. Desde a invenção da metralhadora, as revoluções abertas sempre fracassaram, a menos que sejam levadas a cabo pelas forças armadas ou que estas estejam se desintegrando devido a uma derrota numa guerra externa.

O segundo ponto abordado por Chorley é que, por razões políticas, "o Exército" quase sempre se refere aos oficiais. Exceto quando derrotados, ou ao final de uma demorada guerra, os baixos escalões tendem a ser politicamente apáticos, em especial nos exércitos profissionais, nos quais eles servem por longos períodos. Os oficiais, por outro lado, mais cultos, mais conscientes e socialmente homogêneos, tendem a se considerar não como servidores do Estado, mas como um partido político específico. São inúmeros os exemplos de governos que foram chantageados para tomar uma ou outra decisão, sob a ameaça de rebelião do "Exército" – isto é, dos oficiais. Chorley conclui que um Exército cujos oficiais vêm das castas mais altas da sociedade jamais será confiável na defesa de um governo esquerdista.

Isso suscita a questão extremamente difícil de como – se possível – democratizar um Exército. O problema é que qualquer governo, e especialmente um governo de "esquerda", deve ter oficiais que sejam politicamente confiáveis e, além do mais, militarmente competentes. Como exemplo de um Exército que apresenta uma estrutura genuinamente democrática, e que possivelmente não faria um golpe de estado reacionário, Chorley aponta o Exército suíço. É provável, no entanto, que as forças suíças jamais tenham de ir à guerra e sua estrutura é determinada por essa circunstância. A Inglaterra ou a URSS, por exemplo, dificilmente se sairiam bem com uma milícia de cidadãos, cujos próprios oficiais servem não mais que 400 dias ao longo de toda a vida. E o treinamento prolongado e a disciplina mental necessários nas modernas forças mecanizadas possivelmente seguem uma tendência antidemocrática. As observações de Chorley a respeito das revoluções na França e na Rússia e da Guerra Civil Espanhola demonstram como até mesmo em exércitos revolucionários há sempre uma inclinação contrária ao igualitarismo. Um Exército somente permanecerá democrático por meio de comitês de soldados e representantes políticos, e ambos representam um entrave à eficiência.

Chorley sugere que o mais importante, do ponto de vista de um governo democrático, é garantir que o corpo de oficiais não pertença a extratos reacionários da sociedade. Isso pode ser verdade, mas também é possível que a origem social dos oficiais profissionais seja quase irrelevante na determinação de seu posicionamento político. Os métodos militares modernos, e a disciplina que exigem, talvez produzam um "perfil de oficial" cujo pensamento será praticamente o mesmo, seja ele filho de um duque, ou de um operário. Eis o ponto no qual a principal omissão do livro de Chorley se faz notar – a saber, após tecer longos comentários sobre a ação do Exército Vermelho durante a revolução e a guerra civil, pouco ou nada diz sobre seus desdobramentos.

Há outras omissões. É uma pena – embora talvez fosse necessário um outro livro – excluir toda e qualquer menção à América do Sul, que proporcionaria ao menos um exemplo perfeito de cada uma das situações revolucionárias imagináveis. No entanto, o livro tem seus méritos e, apesar de seu viés assumidamente esquerdista, é o mais objetivo possível neste momento.

Martelando as rodas

Democracy and the Individual, de C.K. Allen
(Oxford, 3s. 6d.)

Disraeli and the New Age, de sir R. George Stapledon
(Faber, 10s. 6d.)

O MARXISMO TALVEZ SEJA uma teoria equivocada, mas é um instrumento útil para testar outros sistemas de pensamento, tal qual um daqueles martelos de cabo comprido com os quais se bate nas rodas de uma locomotiva. Tap! Esta roda está quebrada? Tap! Este escritor é burguês? Uma pergunta direta, que ignora muitos detalhes por se basear no princípio de *cui bono* e por presumir que se saiba de antemão o que quer dizer *bono*: e, no entanto, é surpreendente com que freqüência um livro pretensioso parecerá subitamente vazio caso a ele se aplique a simples questão: este escritor leva ou não em consideração a base econômica da sociedade?

Diante desse teste, ambos os livros – um, de um liberal fora de moda; outro, de um antiquado conservador revisto e atualizado – são total ou parcialmente reprovados. A investigação competente e bastante extensiva que Allen apresenta sobre o funcionamento da democracia dá a todo momento a impressão de irrealidade, pois ele jamais parece disposto a admitir que a desigualdade econômica inviabiliza a democracia. Pouco valor haverá na discussão de métodos que tornem o Parlamento mais representativo, ou que deixem os cidadãos-comuns mais voltados a ações públicas comunitárias, ou as leis mais justas, ou ainda que tornem a liberdade mais segura, a menos que se comece a perguntar onde verdadeiramente se assenta o poder. Se a estrutura econômica de uma sociedade é injusta, suas leis e seu sistema político necessariamente perpetuarão essa injustiça. Nenhum remendo jurídico, nem mesmo esta panacéia, a "educação", jamais farão muita diferença.

Embora assombrado por certos aspectos de nossa sociedade, Allen parece pressupor que a Inglaterra é uma democracia. Embora tenha certa dose de razão, ele insistentemente subestima o poder do dinheiro e do privilégio. É inacreditável, por exemplo, escutar que todos somos mais ou menos iguais perante a lei, em especial imediatamente depois de ouvir a confissão de que os homens ricos podem comprar (e de fato o fazem) os melhores advogados. Por outro lado, Allen tem muita razão ao enfatizar a relativa *decência* da sociedade inglesa, a falta de corrupção no funcionalismo público, a ausência de uma força policial, a tolerância com minorias, a liberdade de expressão e – em tese – de imprensa. Se democracia quer dizer governo popular, é um absurdo considerar a Inglaterra uma democracia. É uma plutocracia assombrada pelo fantasma do sistema de castas. No entanto, se democracia quer dizer uma sociedade na qual se pode ir, em segurança, ao pub mais próximo e expressar sua opinião real a respeito do governo, então a Inglaterra é uma democracia. Em qualquer país, duas coisas são de fundamental importância: sua estrutura econômica e sua história. Allen ao menos não ignora a segunda quando aborda a Inglaterra. Mas, se tomasse uma página do livro de Marx, ele talvez percebesse que temas como o voto plural ou os limites exatos da liberdade individual são dificilmente de importância primordial, enquanto 5% da população possui tudo o que é relevante.

De certo modo, o incoerente livro de sir George Stapledon não é tanto um livro sobre Disraeli*, mas um comentário sobre a vida moderna, tendo um texto de Disraeli como ponto de partida. Ele demonstra uma melhor compreensão da natureza da sociedade que Allen. Sua predileção pela agricultura lhe dá algo real a que se apegar; sabe mais ou menos em que tipo de mundo gostaria de viver e está ciente de que o espírito é mais importante que a matéria. No entanto, também parece acreditar ser possível realizar uma mudança social sem qualquer mudança econômica radical. Almeja uma sociedade mais simples, menos hedonista, mais agrícola que a nossa, uma sociedade que valorize o dever e a lealdade, e não os "direitos" e o vínculo monetário. Muito do que diz, em especial quando fala da decadência da agricultura inglesa, tema de sua predileção, é penetrante e estimulante. Entretanto, em nenhum momento, deixa claro seu grau de interesse, se é que há algum, pela distribuição da propriedade. Ele nem mesmo deixa claro, embora mencione a agricultura em praticamente todas as páginas, quais são seus sentimentos a respeito da propriedade privada da terra. E, embora deplore o modo como o povo inglês abandonou a terra, na hora de demonstrar *por que* eles a abandonaram, só apresenta razões superficiais.

O nome de Disraeli está muito em voga neste momento, devido a um amplo reconhecimento de que o hedonismo e a motivação do lucro não garantirão a saúde da sociedade. Disraeli tem um senso de *noblesse oblige*. Ele não argumentou em termos de um "auto-interesse esclarecido" e o último que se cuide, mas sim de um privilégio hereditário, e mesclou isso com uma visão extremamente lúcida de vários temas porque, como estrangeiro,

* Benjamin Disraeli (1804-81), político e escritor inglês, ocupou o cargo de primeiro-ministro da Inglaterra em duas ocasiões. [N.T.]

tinha uma admiração injustificada pela aristocracia inglesa. A sociedade que almejava era uma espécie de feudalismo moral, uma sociedade nem plutocrata nem igualitária. Neste ponto, revela-se sua atração pelos neoconservadores que, embora cientes de que o capitalismo *laissez-faire* acabou, estão amedrontados com as alternativas reais. Eles querem mais caridade, mas não mais justiça – uma redistribuição de renda, por exemplo, mas não uma redistribuição de propriedade. Em outras palavras, querem um mundo melhor com as mesmas pessoas no poder. No entanto, lamentavelmente, o mundo é o que é porque essas pessoas estão no poder, e é uma pena ver alguém tão compreensivo como sir George Stapledon buscando um *ignis fatuus* [fogo-fátuo].

Povo escolhido

The Devil and the Jews, de Joshua Trachtenberg
(Oxford Unversity Press, 23 s. 6 d.)

Why I am a Jew, de Edmond Fleg
Traduzido por Victor Gollancz
(Gollancz, 2s. 6d.)

É TEMPO DE O MASS OBSERVATION, ou algum órgão semelhante, fazer um levantamento detalhado a respeito da prevalência do anti-semitismo, que, embora seja um tema delicado, está inserido no contexto da presente guerra. O preconceito popular contra os judeus está bastante generalizado, e possivelmente em expansão. Mas é de extrema importância determinar em que medida é um verdadeiro anti-semitismo – uma doutrina essencialmente mágica –, e em que medida é mera xenofobia e racionalização de dificuldades econômicas.

As explicações para o anti-semitismo, em geral, se ligam a duas correntes de pensamento que podem ser denominadas como "tradicional" e "econômica". Nenhuma é completamente satisfatória. Os pensadores de esquerda quase sempre aceitam a segunda explicação, vendo os judeus como um simples bode expiatório a quem os dirigentes da sociedade podem responsabilizar por seus próprios equívocos. Quando a safra é ruim ou o desemprego aumenta, culpam-se os judeus – em termos gerais, é essa a fórmula. O problema é que não está claro por que os judeus – em vez de outro grupo minoritário qualquer – são sempre os escolhidos, por que o anti-semitismo floresce igualmente entre pessoas que não enfrentam graves dificuldades econômicas, ou por que tal sentimento se combina com as mais descabidas crenças mágicas. No entanto, tampouco a outra teoria, que vê o anti-semitismo como uma herança da Idade Média, abrange todos os fatos, como estes dois livros demonstram.

Edmond Fleg, em seu livro tocante – no qual descreve o retorno à fé de seus antepassados após muitos anos de ceticismo – sugere que os judeus são perseguidos simplesmente "por serem judeus", isto é, por se agarrarem, de forma estranha, à sua religião e identidade cultural. Mas muitos outros pequenos grupos fizeram o mesmo em todo o mundo, e há sérias dúvidas se a Europa moderna se interessa efetivamente por questões doutrinárias a ponto de perseguir pessoas somente por não serem cristãs.

Trachtenberg acredita que o anti-semitismo é um resquício medieval que o mundo moderno de algum modo se esqueceu de extirpar. Com grande riqueza de exemplos e copiosas ilustrações, ele mapeia a perseguição aos judeus desde a Idade Média. Eles foram linchados, queimados, atrelados à roda, expulsos de um país após outro; foram acusados de envenenamento, sodomia, comunicação com o Diabo e prática de rituais macabros; de beber sangue de crianças, de seduzir donzelas cristãs, de exalar um odor distinto e desagradável, de profanar a hóstia consagrada, de voar em cabos de vassouras, de dar à luz leitões – enfim, praticamente de tudo. Embora "infiéis", de modo um tanto absurdo, eram também considerados "hereges", e a pior perseguição aos judeus coincide aproximadamente com o período de caça às bruxas – isto é, do século XII em diante. A Reforma pouco ajudou, pois eram considerados hereges também do ponto de vista protestante; sendo Martin Lutero um anti-semita excepcionalmente cruel.

Trachtenberg não tem dificuldade em demonstrar a atitude irracional da Idade Média em relação aos judeus. Para tanto, não havia qualquer fundamento, exceto a acusação de que os judeus eram usurários e, como assinala, a concorrência cristã invadiu este campo logo que o empréstimo de dinheiro tornou-se de fato rentável. Se tivesse estendido sua pesquisa aos tempos modernos, o autor poderia ter acrescentado que as idéias contemporâneas a respeito dos judeus são, em geral, igualmente irracionais – como, por exemplo, a peculiar crença nazista de que os judeus de algum modo conspiram para serem capitalistas e comunistas a um só tempo, ou que, na comunidade judaica, a carente classe trabalhadora é formada, na verdade, por dissimulados milionários.

No entanto, duas questões permanecem sem explicação. Uma é por que a perseguição aos judeus, que, afinal de contas, é algo pré-cristão, começou em algum momento. A outra é por que – se a tese de Trachtenberg é correta – essa superstição particularmente medieval manteve-se viva enquanto outras pereceram. Poucas pessoas agora acreditam em feitiçaria, crença que, segundo Trachtenberg, levou a centenas de milhares de execuções entre 1450 e 1550, somente na Alemanha. Por que tantas pessoas ainda estão dispostas a acreditar que os judeus "fedem", ou que causam a guerra, ou que planejam conquistar o mundo, ou que são responsáveis pelos cortiços, revoluções e doenças venéreas? Tudo isso precisa ser investigado com objetividade. E mesmo a descoberta de que o anti-semitismo, nas suas mais variadas formas, é alarmantemente comum e de que pessoas cultas não estão de modo algum imunes a ele, é um fato que não pode nos deter.

À beira do abismo

The Edge of the Abyss, de Alfred Noyes

(John Murray, 5s.)

EMBORA INCOERENTE e, em algumas passagens, tolo, este livro formula um problema real e levará seus leitores à reflexão, ainda que esta só se torne útil a partir do momento em que Noyes sai de cena. Sua tese é a de que a civilização ocidental está ameaçada de real destruição, e de que foi levada a essa condição não por desajustes econômicos, mas pela decadência da crença no Bem e no Mal absolutos. As regras de comportamento sobre as quais qualquer sociedade estável deve repousar estão se dissolvendo:

> Em que promessas devemos acreditar, que firme acordo poderá ser novamente alcançado em um mundo no qual milhões e milhões foram instruídos a acreditar que, se for de seu interesse violá-lo, nenhum pacto ou compromisso, mesmo que solenemente delineado, merece por parte das mentes "realistas", ou da fria diplomacia, mais consideração do que um reles "pedaço de papel", ainda que sua violação envolva o assassinato, em meio à noite, de milhões de inocentes adormecidos?

Essa é uma pergunta poderosa, que Noyes repete nas mais variadas formas. No caos em que vivemos, mesmo as razões prudentes a favor da decência comum estão sendo esquecidas. A política, interna e externa, talvez não seja mais imoral do que sempre foi, mas o que é novo é a crescente submissão das pessoas comuns às doutrinas de conveniência, a insensibilidade da opinião pública em face aos crimes e sofrimentos mais atrozes, e a memória cega que permite que assassinos maculados pelo sangue se transformem, da noite para o dia, em benfeitores públicos, caso assim exija a "necessidade militar". Igualmente nova é a dúvida colocada pelos vários sistemas totalitários sobre a própria existência da verdade objetiva, e a conseqüente falsificação da história em larga escala. Noyes tem bastante razão ao clamar contra tudo isso e talvez subestime o dano ao senso comum, provocado pelo culto ao "realismo", com sua tendência inerente de sempre julgar a conduta desonesta como a mais lucrativa. A perda de padrões morais parece, de fato, minar o senso de possibilidade. Noyes tem igualmente o direito de afirmar que a *intelligentsia* é mais afetada pelas idéias totalitárias do que o homem comum, e que deve ser parcialmente responsabilizada pelo caos em que agora nos encontramos. No entanto, o diagnóstico que faz a respeito das razões desse estado de coisas é muito superficial, e as soluções por ele sugeridas são duvidosas, mesmo do ponto de vista da viabilidade.

Para começar, não bastará sugerir, como faz Noyes do início ao fim, que uma sociedade decente só pode se alicerçar sobre princípios cristãos. Isso equivale a dizer que levar uma vida boa só é possível nas costas do Atlântico. Cerca de um quarto da população mundial é nomeadamente cristã, e essa proporção está em constante declínio. O vasto bloco asiático não é cristão, e, na ausência de um milagre imprevisível, jamais será. Será que podemos afirmar que uma sociedade decente não pode se estabelecer na Ásia? Se assim for, ela não pode se estabelecer em lugar algum, e todo o esforço para regenerar a sociedade pode igualmente ser abandonado de antemão. Noyes talvez se equivoque ao imaginar que a fé cristã, exatamente como existiu no passado, pode ser restaurada até mesmo na Europa. O verdadeiro problema de nosso tempo é restabelecer o sentido absoluto de certo e errado, já que a crença sobre a qual repousava – a saber, a crença na imortalidade individual – foi destruída. Isso demanda fé, o que não se confunde com credulidade. Parece duvidoso que Noyes tenha compreendido completamente essa distinção.

Há também o problema da parcela de culpa atribuída aos intelectuais de "nariz empinado" ("nossos pseudo-intelectuais" é seu termo predileto) pela quebra dos padrões morais. Noyes escreve sobre esse tema seguindo praticamente a mesma linha do *London Mercury* há vinte anos. Esses intelectuais são pessimistas e obscenos, atacam a religião, o patriotismo, a família etc. São, contudo, ao que parece, de algum modo igualmente responsáveis pela ascensão de Hitler. Mas, ora, isso contradiz os fatos. Durante os anos cruciais, foram justamente os "pseudo-intelectuais" que Noyes abomina que clamaram contra os horrores do fascismo, enquanto o Partido Conservador e a imprensa clerical fizeram de tudo para encobri-los. Noyes condena a política de conciliação, mas qual foi a atitude de sua própria Igreja e imprensa a esse respeito?

Por outro lado, os intelectuais que ele *de fato* aprova são apenas muito duvidosamente aliados do Bem. Um, por exemplo, é Carlyle, que foi um dos fundadores do culto moderno ao poder e ao sucesso, e que aplaudiu a agressão militar do Terceiro Reich tão clamorosamente quanto Pound a do Quinto. O outro é Kipling, que não era totalitarista, mas tinha uma postura moral, na melhor das hipóteses, equivocada. Noyes assinala, no início de seu livro, que não se pode combater demônios com o auxílio do Belzebu, mas também fica profundamente irritado ao ver que os livros antibritânicos continuam sendo publicados na Inglaterra e elogiados nos jornais britânicos. Não lhe ocorre que, se parássemos de fazer esse tipo de coisa, a principal diferença entre nós e nossos inimigos desapareceria?

Velho mestre

Tolstoy: His Life and Work, de Derrick Leon

(Routledge, 25 s.)

A VIDA ADULTA DE TOLSTÓI – que se inicia com um jovem aristocrata brilhante, mundano e um tanto dissoluto, e termina com um velho atormentado que renunciara a tudo, ou pelo menos ao máximo que sua família lhe permitiu – é suficientemente dramática, mas, afinal, é menos interessante do que sua obra, e, assim, a parte mais interessante da biografia escrita por Leon é a cuidadosa exposição que faz de cada um dos livros de Tolstói, demonstrando como estão relacionados com o seu desenvolvimento espiritual.

A crença de Tolstói, que se desenvolveu gradualmente ao longo de 50 anos, poderia ser descrita como anarquista-cristã. Todos os objetivos materiais, toda violência, todas as revoluções em última análise, todas as leis e governos são perniciosos; não há felicidade, exceto na auto-abnegação: o homem não tem direitos, só deveres, estando na Terra unicamente para servir à vontade de Deus. Tudo isso se extrai da leitura de Tolstói dos Evangelhos. No entanto, antes que seu credo estivesse completamente formulado, ele adotou duas doutrinas que são apenas duvidosamente cristãs. A primeira é um determinismo estrito. As ações do homem, sustenta Tolstói, são todas predeterminadas, e sua única liberdade consiste no reconhecimento da necessidade. A segunda é uma convicção na miséria essencial da vida terrena e na perversidade dos prazeres físicos, que vai muito além de tudo o que as igrejas jamais toleraram.

Leon escreve como um discípulo e, embora a mencione, não refuta, com a devida seriedade, a acusação que muitos fizeram a Tolstói, a de que os seus últimos trabalhos são amplamente uma projeção de seu próprio egoísmo. Ao ampliar o significado de auto-abnegação, a fim de abranger uma quase recusa ao processo da vida – ao dizer, por exemplo, que o casamento é por natureza "miséria e escravidão" –, é duvidoso que ele esteja fazendo algo mais que afirmar sua própria infelicidade e o desejo de transmiti-la para os outros. Tolstói tinha, é claro, extrema consciência dos perigos do egoísmo. Na realidade, sua vida foi, em um certo sentido, uma luta constante contra isso. Porém, não parece ter percebido que a forma como o egoísmo tomou o seu próprio ser não foi por meio de um desejo por dinheiro ou sucesso, mas simplesmente por uma propensão ao tormento intelectual: seu ensaio a respeito de Shakespeare é um exemplo notável disso.

Entretanto, sua história de vida é tão inspiradora quanto trágica, e saberíamos que foi um homem notável ainda que não tivesse escrito nada mais que seus panfletos. A influência direta que exerceu em nossos dias não foi muito significativa, pois renunciou a todos os métodos por meio dos quais algo possa ser efetivamente conquistado. Mas talvez, indiretamente, em alguns indivíduos, essa influência tenha sido enorme. Ninguém se entrega à leitura de Tolstói e a abandona conservando os mesmos sentimentos a respeito da guerra, da violência, do sucesso, do governo e dos "grandes" homens – embora, de modo irônico, o que ele tem a dizer de especial foi dito de forma mais efetiva nos romances de seu período intermediário, *Anna Karenina* e *Guerra e Paz*, ambos que, posteriormente, ele consideraria quase irrepreensíveis.

É lamentável que, ao longo da narrativa, Leon demonstre uma hostilidade tão implacável em relação à desprezível condessa Tolstói, pois, ao presumir que em todos os desentendimentos ela obrigatoriamente estivesse equivocada, ele evita a discussão de um dos mais complexos problemas da vida de um escritor – o conflito entre a personalidade literária e a privada ou, em outras palavras, entre o amor pela humanidade e a decência comum. Apesar disso, este é um livro notável, e, embora não se possa aconselhar ninguém a comprar livros que custem 25 xelins, ao menos todos que conseguirem um exemplar emprestado deveriam lê-lo.

Motivos de desalento

The Road to Serfdom, de F.A. Hayek
(Routledge, 10s. 6d.)

The Mirror of the Past, de K. Zilliacus
(Gollancz, 7s. 6d.)

TOMADOS EM CONJUNTO, estes dois livros são motivos de desalento. O primeiro apresenta uma defesa eloqüente do capitalismo *laissez-faire*, e o outro uma denúncia ainda mais veemente dele. Eles cobrem, de certo modo, o mesmo terreno, citam com freqüência as mesmas autoridades, e até mesmo partem da mesma premissa, uma vez que ambos pressupõem que a civilização ocidental depende da sacralização do indivíduo. Ainda assim, cada escritor está convencido de que a política do outro leva diretamente à escravidão, e o mais alarmante é que os dois podem ter razão.

Dos dois, o livro de Hayek é talvez o mais interessante, pois as questões que formula estão em menos evidência no momento do que as de Zilliacus. Resumidamente, a tese de Hayek é a de que o socialismo inevitavelmente leva ao despotismo, e que, na Alemanha, os nazistas obtiveram sucesso porque os socialistas já haviam adiantado grande parte do seu trabalho, particularmente o trabalho intelectual de enfraquecer o desejo de liberdade. Ao colocar a vida em sua totalidade sob o controle do Estado, o socialismo necessariamente dá poder a um pequeno círculo de burocratas, que, em quase todos os casos, é formado por homens que empregam o poder em benefício próprio e que, a fim de preservá-lo, nada respeitarão. A Inglaterra, afirma ele, segue agora pela mesma estrada da Alemanha, tendo à frente a *intelligentsia* de esquerda com o apoio do Partido Conservador. A única salvação reside no retorno a uma economia não-planejada, à livre concorrência e à ênfase na liberdade e não na segurança.

A parte negativa da tese de Hayek contém uma grande parcela de verdade. Nunca é demais dizer – nem ao menos se diz com a necessária freqüência – que o coletivismo não é inerentemente democrático e, ao contrário, permite a uma minoria tirânica poderes com os quais os inquisidores espanhóis jamais sonharam.

Hayek talvez tenha igualmente razão ao afirmar que, neste país, os intelectuais têm uma mente mais totalitária que as pessoas comuns. Ele, no entanto, não vê, ou não quer admitir, que o retorno à "livre" concorrência representa para a grande massa da população uma tirania possivelmente pior, por ser mais irresponsável, do que a do Estado. O problema das concorrências é que alguém as vence. Hayek nega que o capitalismo livre leve necessariamente ao monopólio, mas, na prática, segue por este caminho, e uma vez que a vasta maioria das pessoas preferiria de longe uma regulamentação estatal a cortiços e desempregos, com certeza a guinada em direção ao coletivismo continuará, caso a opinião pública tenha voz nesse debate.

O ataque qualificado e bem documentado de Zilliacus ao imperialismo e à política da força consiste em grande medida na exposição de eventos que redundaram em duas guerras mundiais. Infelizmente, o entusiasmo com o qual ele ridiculariza a guerra de 1914 faz-nos pensar nos motivos que o levam a defender a de agora. Depois de recontar a sórdida história dos tratados secretos e das rivalidades comerciais que culminaram na guerra de 1914, ele conclui que eram falsos os objetivos manifestos da luta e que declaramos guerra à Alemanha "porque, se ela ganhasse a guerra contra a França e a Rússia, reinaria sobre toda a Europa e seria suficientemente poderosa para conquistar para si as colônias britânicas". Por que mais fomos à guerra desta vez? Parece que foi igualmente pernicioso opor-se à Alemanha na década anterior a 1914 e apaziguá-la nos anos 1930 e que deveríamos ter feito um acordo de paz em 1917, ao passo que seria uma traição fazer um agora. Foi ainda mais pernicioso concordar, em 1915, que a Alemanha fosse dividida e a Polônia considerada "um problema interno da Rússia": assim as mesmas ações mudam seu matiz moral com a passagem do tempo.

Algo que Zilliacus não leva em consideração é o fato de que as guerras têm conseqüências, independente dos motivos daqueles que as iniciaram. Ninguém questiona a imundície da política internacional a partir de 1879; isso, porém, não leva à aceitação de que seria uma boa idéia se o Exército alemão reinasse sobre a Europa. É bem possível que algumas transações sórdidas estejam se desenrolando agora nos bastidores, e que a atual propaganda "contra o Nazismo" (cf. "contra o militarismo prussiano") venha a parecer muito deficiente em 1970, mas, certamente, a Europa será um lugar melhor se Hitler e seus seguidores saírem de cena.

Em conjunto, estes dois livros resumem a difícil situação em que nos encontramos atualmente. O capitalismo leva às filas de auxílio-desemprego, à volúpia por mercados e à guerra. O coletivismo leva aos campos de concentração, ao culto dos líderes e à guerra. Para isso, não há saída, a não ser que uma economia planejada possa ser, de algum modo, combinada com a liberdade de pensamento, o que somente ocorrerá se os conceitos de certo e errado forem restaurados na política.

Ambos os autores estão mais ou menos cientes disso; no entanto, uma vez que são incapazes de apontar um caminho para sua implementação, o efeito combinado de seus livros é desalentador.

Casa de força

The Poisoned Crown, de Hugh Kingsmill

(Eyre and Spottiswode, 9s.)

O TOTALITARISMO, em geral, é atribuído à perversidade de alguns poucos indivíduos ambiciosos ou então é considerado como um último esforço que visa a ancorar um sistema econômico em colapso. Há, entretanto, uma outra corrente de pensamento – da qual F.A. Voigt é o mais célebre expoente – que sustenta que qualquer tentativa de estabelecer uma utopia materialista inevitavelmente levará ao despotismo. Hugh Kingsmill pertence a essa linha e, neste brilhante livro, ilustra sua tese com pequenas biografias da rainha Elizabeth, de Cromwell, Napoleão e Abraham Lincoln.

Da forma como Kingsmill os vê, todos ilustram "a esterilidade da ação e os efeitos corrosivos do poder". No entanto, eles não se encaixam com facilidade em um único padrão, e, dos quatro, somente Cromwell exibe íntima semelhança com os ditadores de nossos dias. É particularmente difícil perceber por que Kingsmill inclui Elizabeth, que, desde a mais tenra idade, esteve absorvida pelo problema de manter-se viva e permanecer no trono, e que, pelos padrões de seu próprio tempo, não era intolerante nem cruel. Mary, sua infeliz irmã, que queimou seus súditos vivos por amá-los demais, provavelmente teria sido um exemplo melhor. Lincoln, por outro lado, não parece ter sido muito corrompido pelo poder, e Kingsmill distorce demasiadamente sua argumentação a fim de comprovar a esterilidade de suas conquistas.

No entanto, a seção dedicada a Lincoln é provavelmente a melhor do livro. A grande concessão oportunista do político norte-americano, pensa Kingsmill, foi sua declaração de que a escravidão seria abolida caso os estados confederados fossem derrotados. Ele não desejava fazer essa declaração (em sua origem, a guerra estava apenas indiretamente preocupada com o tema da escravidão), em parte, porque via que o país como um todo não estava preparado para ela e os escravos não se beneficiariam com a emancipação e, em parte, porque não desejava dar à guerra um caráter de cruzada, com toda a índole vingativa e hipócrita que isso implica. Tal declaração foi feita pela necessidade de vencer a guerra. Ao inserir a escravidão no centro dos debates, Lincoln subtraiu da Inglaterra e da França toda e qualquer motivação moral, impedindo que, de outro modo, interviessem a favor do Sul. No entanto, agindo assim, ele igualmente se rendia aos mais extremistas de seus seguidores que não eram, como se podia esperar, generosos abolicionistas, mas empresários carrancudos determinados a romper o poder econômico dos estados sulistas.

A vitória completa obtida pelo Norte entregou o poder a estes empresários, e, conseqüentemente, a atmosfera moral dos Estados Unidos se deteriorou. Lincoln tudo sacrificou, inclusive uma fração de sua consciência, para vencer a guerra, e o resultado foi um país no qual não poderia haver mais Lincolns – esse é, ao menos, o quadro pintado por Kingsmill. Incidentalmente, o autor sugere que o lunático que assassinou Lincoln fora contratado, não pelos sulistas, mas pelos seus próprios adversários republicanos.

Freqüentemente, temos a sensação de que Kingsmill comete alguma injustiça, não, talvez, ao próprio Lincoln, mas às suas conquistas e, portanto, aos Estados Unidos. Afinal, não foi um passo à frente que os escravos fossem libertados, mesmo que tenham simplesmente se convertido em escravos assalariados? E temos até mesmo a sensação de que o autor é injusto com Napoleão, que, embora embusteiro, pode ter sido um instrumento necessário da história. Sem Napoleão, ou, ao menos, sem alguém como Napoleão, a França revolucionária provavelmente seria esmagada em torno de 1800 e os camponeses não manteriam suas terras. Napoleão, embora guiado por motivações inteiramente egoístas, retardou a derrota por tempo suficiente para tornar impossível a restauração do *Ancien Régime*. Por outro lado, a desmistificação que Kingsmill faz de Cromwell, ainda que igualmente injusta, é um bom antídoto ao usual culto da classe média a esse protótipo de todos os modernos ditadores, que perpetraram massacres que fazem as proezas dos alemães em Lídice parecerem meras travessuras juvenis.

O livro de Kingsmill começa com um capítulo intitulado "A genealogia de Hitler". A linha de descendência é traçada de Napoleão e Byron via Dostoievski, Nietzsche e H.G. Wells até Hitler e Charles Chaplin. (Enquanto Chaplin, afirma Kingsmill, é a versão medíocre de Byron; Hitler é a de Napoleão.) Há muitas questões, grandes ou pequenas, que podem ser debatidas com Kingsmill. Como todos os pensadores de sua corrente, ele pressupõe que os reformistas desejam tornar o mundo perfeito, quando normalmente querem apenas torná-lo melhor, e ele, com freqüência, escreve como se o progresso, mesmo o progresso material, fosse por sua própria natureza impossível, o que implica que estejamos ainda em plena Idade da Pedra. Este, porém, é um livro extraordinário, e um golpe fulminante em todas as formas de tirania, inclusive as que atualmente são alvo de admiração.

Aqui tudo se transforma

This Changing World, editado por J.R.M. Brumwell
(Routledge, 12s. 6d.)

On Living in a Revolution, de Julian Huxley
(Chatto and Windus, 12s. 6d.)

Reshaping Man's Heritage, de vários autores
(Allen and Unwin, 5s.)

PODEMOS TER CERTEZA de que, enquanto Noé construía sua arca, alguém escrevia um livro intitulado *This Changing World* [Um mundo em transformação], e, embora o manuscrito tenha desaparecido no Dilúvio, é possível imaginar como ele era. Apontava, com aprovação, as recentes descobertas científicas, denunciava a superstição e o obscurantismo, instava pela necessidade de uma reforma radical da educação e mais igualdade entre os sexos e, provavelmente, tinha um capítulo sobre o significado da poesia moderna. Sua tese central era a de que nada é permanente, mas que tudo é para o melhor. As frases "este é um período de transição" e "vivemos em meio a mudanças velozes e alarmantes" apareciam em praticamente todas as páginas, e talvez o autor se lembrasse delas com certa amargura à medida que submergia nas águas escuras.

O livro agora editado por Brumwell está em conformidade com este modelo. Em um capítulo introdutório, Herbert Read observa que este é um mundo em transformação e, no final, sintetizando as conclusões dos outros colaboradores, acrescenta que o mundo está em transformação. Em seu desenrolar, o livro apresenta ensaios de C.H. Waddington, Karl Mannheim, J.D. Bernal, Franz Borkenau, Thomas Balogh, John Macmurray, Lewis Mumford, entre outros. Esta lista, é claro, é uma garantia suficiente da legibilidade do livro, ao menos em algumas passagens, porém é surpreendente como poucos colaboradores dão a impressão de escreverem sobre o mundo atual. Somente Balogh, que insiste na impossibilidade de reformas internas enquanto o mundo como um todo permanece caótico, e Borkenau, que traça a conexão entre democracia e totalitarismo, parecem ter os pés em algum ponto próximo ao chão. De alguns poucos outros, infere-se que a existência da civilização atual está em perigo.

Bernal, por exemplo, escreve sobre os recentes desenvolvimentos nas ciências e sobre a necessidade de oferecer ao público em geral uma perspectiva mais científica. Ele não parece perceber, ou ao menos não menciona, que a própria ciência encontra-se ameaçada pela propensão mundial para a ditadura. Lewis Mumford, de fato, vê esse perigo, mas parece acreditar que ele se endireitará por conta própria. Darlington tem algumas idéias instigantes sobre educação, mas dificilmente encara a pergunta – "educação por quem e para quê?" John Summerson defende o uso de vidro e concreto contra a arquitetura "tradicional". Macmurray acredita que a religião cristã sobreviverá, entretanto, para isso, terá de se transformar: infelizmente, ele se furta a dizer de que forma se transformará e quais serão, se alguma houver, suas novas doutrinas. Kathleen Raine contribui com um ensaio sobre literatura contemporânea e fornece uma lista de 35 destacados escritores modernos, na qual inclui a si mesma, enquanto omite Shaw, Wells, Dreiser, Belloc, Pound, Koestler e algumas dezenas de outros.

Ao ver este livro, com sua capa vagamente modernista, suas fotografias brilhantes, sua empertigada, mas imprecisa, bibliografia, e seu ar geral de complacente progressividade, é difícil lembrar o revés histórico atroz que está realmente em andamento. O massacre em massa que vem ocorrendo ao longo dos últimos dez ou quinze anos talvez não importe tanto assim. Tudo o que nos diz é que temos melhores armamentos que nossos ancestrais. Os fenômenos verdadeiramente sinistros de nossa era são a atomização do mundo, o poder crescente do nacionalismo, a adoração de líderes a quem se creditam poderes divinos, o aniquilamento não apenas da liberdade de pensamento, mas do conceito de verdade objetiva, e a tendência a uma lei oligárquica firmada no trabalho forçado. Essa é a direção para a qual segue este mundo em transformação, e é a incapacidade de discutir estes temas que torna difícil levar a sério este livro.

Dois outros livros que provavelmente estavam em preparação quando se formavam as águas do Dilúvio são *On Living in a Revolution* [Vivenciado uma revolução] e *Reshaping Man's Heritage* [Remodelando o legado humano]. Seria, com certeza, desnecessário apresentar em detalhes o tema do principal ensaio de Huxley, uma vez que a maioria de nós já o ouviu com demasiada freqüência. A "revolução" é a transição para uma economia centralizada, e Huxley espera que a alcancemos com democracia. Infelizmente, ele não explica com um mínimo de precisão como isso se dará e é evidente que, como os colaboradores de *This Changing World*, ele não confronta – e talvez isso seja atemorizante – o terrível poder das forças psicológicas que agora trabalham contra a democracia, contra o racionalismo e contra o indivíduo. No entanto, o livro contém um bom ensaio em que se desmistifica o racismo, e outros sobre pestes animais e pássaros das ilhas Hébridas, temas que tocam fundo o coração de Huxley, e acerca dos quais ele é consideravelmente legível.

Reshaping Man's Heritage é uma reedição de uma série de programas radiofônicos de H.G. Wells, J.B.S. Haldane, J.C.

Drummond, entre outros, e preocupa-se tanto com comida e agricultura, quanto com medicina. Há uma boa apresentação sobre anestésicos feita por L.J. Witts, e algumas boas informações sobre ratos, por James Fisher. No entanto, o livro como um todo apresenta aquela tímida vivacidade que coletâneas de programas radiofônicos em geral evitam.

A ira divina

'42 to '44. A Contemporary Memoir upon Human Behaviour During the Crisis of the World Revolution, de H.G. Wells

(Secker and Warburg, 42 s.)

A PRINCIPAL DIFICULDADE para se escrever um livro, hoje em dia, é que geralmente os tubos de cola são vendidos sem pincéis. Mas, caso se obtenha um (às vezes se encontra na Woolworth's), um par de tesouras e um livro em branco de bom tamanho, tem-se todo o necessário. Qualquer coleção de recortes – artigos de jornal republicados, cartas particulares, fragmentos de diários, até "discussões radiofônicas" escritas por charlatões desprezíveis, para serem transmitidas por celebridades – pode ser vendida ao público ávido por diversão. Mesmo a escassez de papel pode ser neutralizada – como neste caso –, publicando-se uma edição limitada do livro e vendendo-o por um valor artificial.

Esse parece ser o princípio seguido por Wells. Seu livro tem bordas douradas, o que custa ao leitor uns trintas xelins a mais. No entanto, o conteúdo é um mero amontoado. No geral, consiste de uma série de ataques a pessoas que demonstraram insuficiente entusiasmo pelo documento que Wells denomina de "Direitos Universais do Homem". Outros ataques (tais como à Igreja católica, ao Partido Comunista, ao Ministério da Guerra e da Marinha) não parecem ter sido motivados por nada senão um péssimo temperamento. Mas, dentro de suas limitações, o livro tem um princípio unificador, a saber, a idéia agora corrente de que a humanidade deve desenvolver um Estado mundial ou perecer.

O que muito surpreende é que, à exceção de alguns livros nos quais invocou um milagre, Wells jamais sugeriu como este Estado mundial virá à luz. Isso quer dizer que jamais se preocupou em saber quem são os verdadeiros dirigentes do mundo, como e por que são capazes de se apegar ao poder, e por que meios podem ser destituídos. Ao formular os "Direitos do Homem", ele nem ao menos nos dá uma pista de como tal documento poderia ser divulgado, digamos, na Rússia ou na China. Hitler é descartado como um mero lunático – e isso o determina. Ele não se questiona seriamente *por que* milhões de pessoas estão dispostas a sacrificar suas vidas por esse lunático, e o que isso pode revelar sobre a sociedade humana. E, em meio a suas ameaças de que o *homo sapiens* deve corrigir sua postura ou será destruído, Wells reitera os slogans de 1900 como se fossem verdades auto-evidentes.

Por exemplo, é espantoso que se afirme, em pleno ano de 1944, que "o mundo agora é uno". Poder-se-ia dizer também que o mundo agora é plano. O fato mais óbvio a respeito do mundo contemporâneo é que ele *não* é uno e, a cada ano, se afasta mais e mais dessa unidade, física e psicologicamente.

A despeito de alguns equívocos momentâneos, Wells não está disposto a admitir que essa declaração dos "Direitos do Homem" seja um documento puramente ocidental. Quase todo e qualquer indiano, por exemplo, a rejeitaria de imediato. (Deduz-se de alguns "apartes" furiosos que um grande número de indianos já a rejeitou.) Ainda mais preocupante é o fato de que não está disposto a admitir que, mesmo entre os cientistas e pensadores em geral, o alicerce intelectual para a unidade mundial não existe. Ele não é capaz de perceber o sinal vermelho de termos como "xadrez ariano" e "astronomia capitalista", e ainda fala da necessidade de uma enciclopédia mundial, ignorando o fato de que há vastos campos de conhecimento sobre os quais nenhuma espécie de consenso existe ou é possível no momento. Com relação ao incremento da igualdade entre os homens que Wells considera imperativo, não há qualquer sinal de que esteja acontecendo.

Intermitentemente, é claro, Wells percebe tudo isso, mas somente como uma enfermeira é capaz de observar a inexplicável teimosia de uma criança. E sua resposta é a mesma que a de uma enfermeira – "Agora, tome seu adorável remedinho ou o bicho-papão virá devorar você". O *homo sapiens* deve fazer o que lhe é dito ou será extinto. "Conhecimento ou extinção. Não há alternativa para o homem", afirma Wells. É, no entanto, muito improvável que o homem seja extinto, exceto por algum desastre cósmico imprevisível. A raça humana praticamente duplicou de número ao longo do último século e continua em expansão, e não há em vista qualquer espécie que a ameace. As formigas, alvo da predileção de Wells, dificilmente podem ser levadas a sério. Também não há qualquer razão para pensar que o homem ou, até mesmo em termos técnicos, a civilização seja destruída pela guerra. As guerras causam grandes desastres localizados, mas provavelmente levam a um crescimento conjunto da indústria mundial. O quadro, há muito traçado por Wells em *The War in the Air* [A guerra nos ares], de um mundo sendo arremessado por algumas poucas toneladas de bombas de volta à Era das Trevas, revelou-se completamente falso. A cultura das máquinas prospera sobre as bombas. O perigo aparente à nossa frente *não* é a extinção, mas uma civilização escravizada que, longe de ser caótica, será terrivelmente estável.

Talvez seja desnecessário acrescentar que, embora incoerente e – em alguns momentos – enfadonho, este livro contém algumas passagens brilhantes e imaginativas. É isso que se espera de Wells. Possivelmente mais do que qualquer outro escritor, foi ele quem modificou a paisagem da mente contemporânea. Por sua causa, a lua parece mais próxima, e a Idade das Pedras mais imaginável, e por isso seremos eternamente gratos. Portanto, talvez possamos desculpar alguns livros de recortes, mesmo a 42 xelins o exemplar, do autor de *A Máquina do Tempo*, *A Ilha do Dr. Moreau*, *Love and Mr Lewisham*, e uma dúzia de outros.

Inversões climáticas

The Sociology of Literary Taste, de L.L. Schucking
(Kegan Paul, 7s. 6d.)

Esse ensaio erudito, mas desconexo, busca explicar a variação do gosto literário de uma época para outra e demonstrar o que faz com que até mesmo um autor como Shakespeare, que geralmente está em boas graças, seja admirado por razões totalmente diferentes em períodos distintos.

O gosto literário pode ser explicado como um reflexo das condições sociais correntes ou como uma oferenda vinda do alto, pelas mãos dos escritores de extraordinário talento. Em outras palavras, pode-se considerar tanto o autor quanto o público como um fator dominante. Schucking, embora conceda um grande valor à influência de escritores, rodas literárias e editores empreendedores, adota a segunda posição. Os artistas, em geral, produzem o que lhes é pedido, e mudanças estilísticas podem ocorrer por razões grosseiramente mecânicas. Por exemplo, parece que a razão – ao menos, imediata – para que os romances ingleses se tornassem mais curtos, no início dos anos 1890, foi uma solicitação das bibliotecas. O romance em três volumes tornara-se dispendioso, logo tinha que sair de cena. Até mesmo coisas como a escassez ou a abundância de papel podem afetar a forma literária.

Provavelmente, as passagens mais interessantes do livro de Schucking são aquelas que traçam a relação entre o classicismo e uma sociedade aristocrata. Não só a "bela forma" é mais apreciada por uma pequena sociedade homogênea, como pessoas menos esclarecidas são quase sempre repelidas por aquilo que lhes parece frio e vazio no classicismo. Há ainda o fato de que o aristocrata desaprova a violência emocional, e, por outro lado, o naturalismo, porque sabe que são perigosos aos seus semelhantes:

> Sua vida é dominada pela tradição, que, em sua visão, há de ser grandiosa, uma vez que toda sua existência depende dos bens herdados. A propriedade, que é condição adicional de sua existência, implica em uma permanente tentação ao gozo da vida, um gozo que se refina com o inerente apreço pela forma; e a forma adquire, ademais, uma importância extraordinária devido ao fato de que é um meio preciso de diferenciação social ... Seu estilo característico de vida e os clamores externos que nele se baseiam o tornam antiindividualista e promovem a criação de tipos. A completa exposição de uma vida de emoções, como tudo o que se expressa impiedosamente, há de, portanto, ser-lhe pouco atraente. Está sempre revelando fatos que deveriam a todo custo ser reprimidos.

Schucking provavelmente superestima, do ponto de vista do escritor, a supremacia da classe média em oposição à sociedade aristocrata. É certo, porém, que, na sociedade capitalista, a dependência do artista em relação a seus patrões tem sido menos direta e humilhante do que em períodos anteriores. Como Schucking aponta, o aparecimento do editor comercial foi uma importante guinada na história da literatura. Tão logo os livros começaram a ser publicados por subscrição, o escritor passou a ser o servo de uma casta, e não mais um indivíduo, e, quando os livros se tornaram especulações comerciais comuns, passou a responder unicamente ao grande público amorfo, o qual não sabia exatamente o que queria, e iria, ou ao menos deveria, ouvir respeitosamente os críticos.

Como conseqüência, aumentou o prestígio do artista. Em períodos anteriores, este era simplesmente um tipo de servo caro e superior: o poeta que aparece como personagem em *Timon de Atenas* é representado como um parasita aproveitador. Somente no século XIX, ao se emancipar economicamente, o artista começa a assumir uma visão inflada de si mesmo, podendo divagar por teorias tais como a da "arte pela arte". No entanto, o que ele podia ou não escrever ainda era parcialmente determinado por considerações extraliterárias, entre as quais Schucking lista a noção corrente de ética sexual, o tamanho médio do núcleo familiar, a prevalência ou não do hábito de freqüentar cafés, a decisão arbitrária dos editores, e também a própria propensão dos escritores para a publicidade. A conclusão parece ser a de que o artista – ou, ao menos, o escritor – se sai melhor sob um capitalismo à moda antiga, mas permanece, em sua essência, um negociante, dominado em última instância por seus consumidores.

Ao explicar a moda literária, Schucking talvez não dê o devido peso à tradição e à absoluta imitação, e muito pouco diz a respeito do efeito causado pela estrutura da língua, em qualquer literatura nacional. O verso inglês, por exemplo, deve com certeza algumas de suas características ao fato da língua carecer de rimas. É igualmente uma pena que este livro tenha sido escrito, ao que parece, antes da ascensão de Hitler, ou ao menos antes de 1933. O totalitarismo afeta o artista, e especialmente o escritor, mais intimamente que qualquer outra pessoa. De fato, o "senhor" está de volta, mas é um senhor imensamente menos civilizado, menos tolerante, menos humano e mais poderoso que o do passado.

Não é muito agradável ler sobre os poetas maltrapilhos que tinham de seguir ordens a risca, enquanto o "meu lorde" consumia seu chocolate matinal. No entanto, o "meu lorde" provavelmente não era mais duro que dr. Goebbels, ou mesmo que o Ministério da Informação, e seu gosto literário era provavelmente melhor. Qual seria a posição do artista em um regime socialista democrático é algo ainda incerto e bastante questionável. Nós, de fato, ainda não sabemos em que medida a liberdade de pensamento é separável da independência econômica. Schucking poderia dar continuidade ao presente livro com uma consideração sobre esse tema.

Viagem de volta

In a Strange Land, ensaios de Eric Gill
(Jonathan Cape, 6s.)

Uma incômoda consciência de que o medievalismo é um subproduto do industrialismo parece estar na base de grande parte dos escritos de Eric Gill. Com mais controle sobre a realidade do que Chesterton, que dizia praticamente a mesma coisa de uma forma mais floreada, ele dá a mesma impressão de, a todo momento, acenar com uma meia verdade e esquivar-se de qualquer crítica genuína que se possa fazer contra ele. No entanto, deve-se dar a ambos o crédito de que a meia verdade que tinham em mãos era impopular e, portanto, digna de ênfase.

Nesse livro, com uma coletânea de ensaios e conferências, Gill apresenta sua tese habitual: o mal fundamental da sociedade industrial. A boa vida é quase impossível, e as artes estão em grande parte mortas, pois vivemos em uma época na qual o trabalhador não é senhor de seu próprio trabalho. É uma reles peça, em uma grandiosa engrenagem, desempenhando indefinidamente a mesma tarefa mecânica, cujo significado não reconhece e pela qual não tem o menor interesse, a não ser o salário que a ela corresponde. Seus instintos criativos têm de ser saciados, quando o são, fora das horas de trabalho, e são constantemente corrompidos pelos bens massificados que o capitalismo impõe. A verdadeira civilização, acredita Gill, somente retornará quando as pessoas escolherem seu próprio trabalho e o fizerem em seu próprio ritmo, e quando, embora possuindo um conjunto de crenças comuns, estiverem conscientes de sua própria liberdade de ação. Tudo isso se pode aceitar, ainda que Gill faça o usual sermão paroquial de que a crença comum da humanidade deva ser a fé *cristã*, e que seu desgosto pela produção fabril combine-se, de modo ilógico, com idéias sobre reforma monetária e a especial perversidade dos banqueiros.

No entanto, independentemente do quanto se concorde com suas acusações, Gill é incapaz de apresentar uma solução verdadeira. Naturalmente, seu programa é um retorno à propriedade do homem do campo, à produção manual, e, em geral, a uma versão idealizada da Idade Média. Entretanto, tudo isso se defronta com duas insuperáveis objeções, nenhuma das quais ele realmente rebate. Uma é que, como o mundo manifestadamente não segue nessa direção, desejar isso é tão ilusório quanto querer alcançar a Lua. Em outras passagens de sua obra, embora não nesse livro, Gill admite isso e parece perceber que, para atingir uma vida mais simples, devemos percorrer um caminho ainda mais complexo. A outra objeção é que Gill e todos os pensadores afins não têm a exata noção do que a sociedade não-industrial deva ser, nem, na realidade, muita idéia sobre o sentido do trabalho.

O que há de melhor neste livro é o relato de uma viagem à Irlanda em 1919. Como católico convertido, levemente anglofóbico e apaixonado pela sociedade rural, Gill está naturalmente propenso a idealizar a Irlanda, e o faz a ponto de clamar que o homem do campo irlandês é menos feio que o inglês. Mas sempre que encontra um trabalhador irlandês, um líder sindicalista, por exemplo, observa desanimado que este parece ter a mesma aparência de seus colegas ingleses. Isto é, pensa em termos de mecanização, eficiência, jornadas menores e salários maiores, e não está muito interessado na sacralidade da propriedade privada. "Eles parecem", afirma Gill, "estar muito satisfeitos em promover uma comunidade cooperativa, na qual não haverá propriedade ou responsabilidade individuais – isto é, o sistema fabril permanecerá não na esfera privada, mas na pública". Para explicar essa questão, em outra parte do livro, ele afirma que o trabalhador assumiu o sistema de valores de seus empregadores. O que ele não vê é que a atitude do trabalhador baseia-se em uma experiência amarga, que dificilmente as pessoas da classe média têm o direito de questionar.

Esse aspecto é bem ilustrado em um diálogo retirado de *Homem e Super-Homem*, de Bernard Shaw, entre o sentimental Octavius e o chofer Enery Straker:

> *Octavius*: Creio na dignidade do trabalho.
> *Straker*: Isso é porque o senhor nunca trabalhou.

Eric Gill, que também é escultor, obviamente acredita no trabalho manual como uma atividade de natureza criativa e, ao pensar no passado, tende a esquecer os extratos mais baixos da população. O mundo que imagina é um mundo de artesãos – fazendeiros, carpinteiros, tecelões , pedreiros, e afins – e é também um mundo praticamente sem maquinário. É claro, no entanto, que, em um mundo sem máquinas, o homem comum não é um artesão, mas um servo, ou algo muito próximo, o que não faz diferença. O trabalho de extrair a comida do solo sem o auxílio de máquinas é tão penoso que necessariamente reduz um grande número de pessoas a um estado quase animalesco, e esquecemos esse aspecto da vida pré-industrial precisamente porque as classes mais pobres estavam por demais desgastadas por esta labuta para deixar qualquer registro atrás de si. Em muitas sociedades primitivas de hoje, o homem comum se extenua tal qual um escravo de cerca de dez anos ou mais, e até mesmo sua aparente superioridade estética deve-se provavelmente à exclusiva falta de oportunidades. De fato, nada poderia melhorar sua situação, a não ser o maquinário, a divisão do trabalho, e a economia centralizada que Gill tanto despreza.

O livro contém igualmente um discurso dirigido ao Peace Pledge Union*, um ensaio sobre vestuário, com alguns comentários sobre Ruskin e o pintor David Jones. Gill era um pacifista, ao menos próximo do final de sua vida, e, apesar de suas teorias sobre propriedade de terra e pequenas indústrias, cogitou o socialismo. No entanto, sua principal característica era o ódio à máquina. Embora sem dúvida tivesse razão em suas denúncias a respeito da sociedade atual, equivocava-se na busca apressada por um meio para superá-la, e, como todas as pessoas que almejam o passado, não escaparia totalmente da simulação e do estereótipo . Não é moderno, nem se iguala a William Morris – embora fosse essa sua pretensão natural. Mas não se pode rejeitar a própria época sem pagar o preço, e aquele pago por Gill pode ser visto nas esculturas na parte externa do Broadcasting House, nas xilogravuras que adornam seu livro e em sua escrita ultra-simplificada.

* Movimento pacifista inglês, fundado em 1934 pelo cônego da Igreja Anglicana, Richard Sheppard. [N.T.]

A causa romântica

Romanticism and the Modern Ego, de Jacques Barzun

(Secker and Warburg, 18s.)

QUANDO OS OUVIDOS SE CANSAM dos lamentos de sirenes e do estrondo de explosões distantes, as notícias de que Rousseau *não* era o pai do totalitarismo tendem a parecer pouco excitantes. E, no entanto, os temas que Barzun discute neste livro profundo e polêmico são de grande importância, e sem que se tome partido em relação a eles, não se pode ter uma visão clara do mundo pós-guerra.

Resumidamente, o objetivo de Barzun é defender o romantismo da acusação, agora comum, de que, ao exaltar a paixão em oposição à razão, ele levou diretamente ao culto moderno do poder e ao Estado Absoluto. O autor defende seu ponto de vista com intensidade, mas sua análise faz um recorte bastante limitado. Para começar, ele trata as idéias quase como se existissem apartadas das condições econômicas, e dificilmente toca na questão de *por que* a perspectiva clássica ou a romântica prevalece em determinada época. Em segundo lugar, o próprio uso dos termos "clássico" e"romântico" confina a controvérsia à sala de aula, enquanto o que está em jogo é o tema muito mais amplo do progresso e do pecado original.

De fato, o próprio autor reconhece que "romântico" é um termo desgastado pelo uso. Uma lista de citações ao final do livro mostra mais de 50 diferentes empregos (aplica-se, por exemplo, a Napoleão, à Idade Média, à praticamente toda estrela de cinema, à realeza, ao republicanismo, ao catolicismo, ao protestantismo, aos reacionários, revolucionários, santos, salteadores, cosméticos, castelos em ruínas, e muito mais). Ainda pior, a distinção entre arte clássica e romântica somente é confiável dentro de limites muito estreitos, no geral entre 1650 e 1850, e até mesmo nesse momento há indivíduos, como Byron, por exemplo, que parecem ter um pé em cada um dos campos. Em nossos dias, as palavras "clássico" e "romântico" mudaram de significado, ou ao menos tornaram-se muito mais sutis. Assim, T.S. Eliot encontra-se entre os clássicos enquanto, digamos, A.E. Housman seria considerado romântico, embora Pope e Johnson talvez não percebessem tal distinção.

Em seu próprio campo, a saber, os séculos XVIII e XIX, Barzun certamente leva a melhor sobre seus adversários. Consegue demonstrar que as idéias popularmente atribuídas ao infeliz Rousseau quase não eram por ele propagadas, e que os românticos alemães e os poetas ingleses do início do século XIX foram alvos de calúnias semelhantes. Acertadamente, ele insiste no vigor e na curiosidade intelectual de todo o movimento romântico, e na inter-relação entre o classicismo e uma sociedade aristocrática. Luís XIV, assinala, era ao menos tão tirano quanto Napoleão e no mínimo tão venerado, e é necessário uma grande dose de malabarismo para reconhecer as origens do autoritarismo moderno no culto romântico ao indivíduo. Por outro lado, ele dificilmente questiona *por que* nossa própria época viu um ressurgimento do anseio por autoridade, ao lado de uma rejeição aos valores românticos. Ele aborda

> a predominante busca por uma verdade única, uma religião única, uma fidelidade única. Marxista ou tomista, anglicano ou neoclássico, fascista ou falangista, o clamor universal parece ser: "Dêem-nos um dogma; dêem-nos um líder". Se adicionarmos a

isso o escolasticismo doutrinário desses grupos, o preciosismo e a religiosidade de seus mentores artísticos, que buscam ir além do romantismo, temos a mais clara evidência que poderíamos desejar a profecia de que um novo período clássico está em formação, de que já vivemos e respiramos uma atmosfera clássica.

Isso é amplamente verdadeiro, embora haja exceções suficientes que impeçam as generalizações. Barzun está coberto de razão ao denunciar os marxistas, neotomistas e outros inimigos da liberdade de pensamento, e ao apontar que o ataque que fazem ao romantismo é uma espécie de blefe. Seu verdadeiro propósito é a destruição da liberdade, e eles, conseqüentemente, argumentam que qualquer ampliação da liberdade conduzirá à escravidão. No entanto, o autor não discute as motivações profundas desse comportamento, nem apresenta uma argumentação suficientemente bem estruturada. De modo bem amplo, pode-se dizer que há dois princípios em jogo. Um é a crença de que a decência seja uma característica inata aos seres humanos e de que uma sociedade justa e livre possa ser facilmente estabelecida. O outro é a crença de que só seja possível confiar no bom comportamento do Homem quando estiver amordaçado e algemado. É evidente que a segunda crença prevalece neste momento, e é igualmente evidente que Barzun está do lado oposto. No entanto, ele só seria um verdadeiro arauto da liberdade caso se preocupasse mais em atacar Boileau do que em defender Rousseau.

Caso os rótulos "clássico" e "romântico" sejam usados como sinônimo de autoritário e libertário – e isso é praticamente o que faz Barzun –, as muitas exceções afastam o leitor comum do tema principal. Por exemplo, Voltaire é um escritor clássico e Carlyle, romântico. Logo Carlyle é amigo da liberdade e Voltaire seu inimigo – o que soa ridículo. Poder-se-iam apontar inúmeras objeções desse tipo. Exasperado por rivais que adorariam eliminar de um só golpe os poemas de Wordsworth e os princípios da Revolução Francesa, Barzun se transformou no arauto quase acrítico de todos os aspectos do romantismo. O resultado é uma certa desordem e um tom às vezes evasivo empregado em questões embaraçosas, mas importantes. No entanto, embora insatisfatório, o livro vale a pena.

Milagres chineses

The Dragon Beards versus the Blue Prints,
de Hsiao Ch'ien
(The Pilot Press, 4s. 6d.)

Os leitores do livro anterior de Hsiao Ch'ien, *Etching of a Tormented Age* [Retratos de uma época atormentada], lembrarão que muitos dos problemas com os quais a obra lidava eram curiosamente familiares. Os intelectuais chineses que cresceram após a Revolução aparentemente passaram por etapas muito semelhantes às de seus contemporâneos europeus, embora não exatamente na mesma ordem. Na China, como na Inglaterra, poetas que nem ao menos sabiam de que lado se ordenha uma vaca escreveram odes à vida rural, outros se dedicaram a uma literatura proletária que o próprio proletariado era incapaz de compreender, e os clamores antagônicos da propaganda e da arte pura provocavam acalorados debates. Nesse novo livro (muitos dos ensaios nele contidos foram apresentados em conferências ou programas de rádio), Hsiao dá continuidade ao seu relato. Aqui, no entanto, sua preocupação se volta menos para a literatura em particular, e mais para o impacto da era da máquina na cultura chinesa como um todo.

Como salienta, a máquina chegou à Ásia de forma súbita e perturbadora. "Os ônibus londrinos de hoje são o aperfeiçoamento dos bondes de tração animal da Era Vitoriana, e, quem sabe, talvez o próximo desenvolvimento seja o transporte aéreo sobre Londres, com aerocondutoras clamando: "Segurem-se firme, vamos decolar!" No entanto, os ônibus motorizados em Hong-Kong ou Xangai não são frutos de uma tradição. Na Europa, os aparelhos de rádio são, de certo modo, os sucessores das pianolas e das caixas de música ..., mas estes mesmos aparelhos na China surgem tal qual milagres vindos do céu". Além disso, há o fato (que Hsiao não enfatiza, ao se dirigir ao público inglês, devido à sua extrema polidez) de que, por algumas décadas, os chineses vivenciaram os benefícios da civilização ocidental essencialmente na forma de balas e bombas. Assim, não espanta que passem por um período de violenta hostilidade às máquinas. No passado, simplesmente desprezaram a ciência ocidental como um produto desinteressante de mentes bárbaras. No século XVII,

> Quando Schell, um astrólogo alemão, procurou introduzir o calendário solar na China, foi primeiramente ridicularizado pelos sábios nativos, e, amargurado, afinal morreu na prisão ... Na época, o erudito Yang Kwang-hsien escreveu: "Preferimos viver sem um calendário preciso a adotar um estrangeiro. Sem um calendário preciso talvez nos enganemos nos cálculos do ciclo da Lua, ou percamos algum eclipse, ainda assim a prosperidade do Império será a mesma".

Embora essa atitude fosse perdoável no momento em que a China era visivelmente mais civilizada do que o Ocidente (no momento em que, por exemplo, os orientais se banhavam e os europeus não), muito depois, quando a China já se defrontava com o perigo iminente de uma invasão, os sábios chineses ainda produziam argumentos espirituosos a fim de provar a perversidade das máquinas. Em meados do século XIX, Wang Jen Chiu escreveu:

> O que é um vapor senão o mais estúpido dos barcos, e um canhão móvel senão o mais estúpido dos canhões? A virtude de um barco

> encontra-se em sua velocidade, e os melhores canhões deveriam ser facilmente manuseáveis. Ora, esses barcos bárbaros não podem navegar uma só polegada sem serem alimentados por carvão, e suas armas não podem ser erguidas ou movimentadas sem o auxílio de inúmeras mãos. Se, no campo de batalha, um valoroso soldado acometer sobre o inimigo com sua espada sangrenta, este pode se considerar morto.

Isso nos lembra os comentários sarcásticos do marechal Pétain a respeito dos tanques. No entanto, os barcos e as armas provaram-se extremamente eficientes, e, depois de um período de obstinado conservadorismo, os chineses mudaram sua atitude em relação à máquina e começaram a desenvolver o que Hsiao descreve como uma "cega admiração". Os estudos científicos tornaram-se bastante populares, mas a tendência era concentrar-se no que fosse estritamente utilitário. Os rapazes estudavam criação de animais em vez de biologia, e construção naval em vez de engenharia. Só muito recentemente percebeu-se que as conquistas tecnológicas do Ocidente baseavam-se em estudos teóricos sem qualquer valor imediato.

Naturalmente, a questão que preocupa Hsiao Ch'ien é: será que a antiga cultura chinesa sobreviverá à transformação da China em um Estado moderno e mecanizado? Talvez essa seja uma questão ainda mais premente para o resto do mundo, uma vez que, se a China tomar o mesmo caminho que o Japão, as conseqüências seriam inimagináveis. A China já está fabricando metralhadoras e, sem dúvida, não demorará muito para produzir bombardeiros. Hsiao está convencido, contudo – e é possível citar muitas declarações que sustentam sua tese –, de que seus compatriotas não têm qualquer anseio por uma civilização meramente materialista, e que suas tradições artísticas têm raízes muito profundas para serem destruídas pela máquina. Não obstante, a China tem que existir no mundo moderno, e não aprecia que lhe digam que fumo de corda é mais pitoresco que capacete de aço. O país, no entanto, retornaria de bom grado às suas "barbas de dragão" (isto é, à caligrafia chinesa e ao ócio que se lhe associa), se pudesse estar razoavelmente a salvo de uma interferência externa.

Afora esses ensaios que lidam com a chegada da máquina, há um abordando a influência de Ibsen e Bernard Shaw no teatro chinês, e outro sobre a recente literatura chinesa. O teatro vernáculo chinês parece ter começado como uma imitação direta dos modelos europeus e ter sido inseparável, em seus primórdios, da propaganda. Sobre seu próprio trabalho, um autor escreveu: "Embora a peça seja esteticamente imatura, sinto-me feliz por ter abordado o casamento e a falência rural, os dois temas sociais que nos confrontam neste momento". Embora tanto Ibsen quanto Bernard Shaw fossem imensamente valorizados como "dramaturgos instigantes", *Mrs Warren's Profession* escandalizou Xangai mesmo em 1921. Mais tarde, houve uma reação em favor de dramas amorosos sentimentais e, ainda mais tarde, em favor de peças "proletárias". É curioso saber que as primeiras peças a serem adaptadas para o teatro chinês tenham sido *A Dama das Camélias* e *A Cabana do Pai Tomás*. Esta, incidentalmente, teve o efeito de convencer os chineses de que "os ocidentais não eram completamente insensíveis".

Embora pequeno, esse livro vale as poucas horas necessárias para lê-lo. Em alguns momentos, seria melhor se Hsiao Ch'ien não estivesse tão preocupado em parecer ofensivo. A Europa não se comportou bem em relação à Ásia, e, em certos contextos, é necessário dizê-lo. Os editores devem ser parabenizados pela apresentação do livro, que foi impresso em um tipo de papel artesanal que a maior parte de nós não via há muitos anos.

O poeta puritano

Milton: Man and Thinker, de Dennis Saurat
*(Dent, 15s.)**

Este livro, com toda sua erudição, não elimina a impressão de que Milton, ao ser considerado como tudo, menos poeta, era uma pessoa desinteressante. Não se pode dizer que sua vida era monótona; ele ficou cego, casou-se duas vezes e, no período da Comunidade dos Estados Britânicos (*Commonwealth*), desempenhou um importante papel ao rebater, mais ou menos oficialmente, os principais panfletários da Europa. Também teve a coragem de continuar escrevendo panfletos antimonarquistas quando a iminência da restauração se tornara evidente. E, no entanto, de algum modo, a alegação feita por Saurat de que Milton era um "pensador profundo", bem como um "maravilhoso poeta", não parece ser justificada. É difícil acreditar que Milton, lembrado apenas por sua fraseologia, tenha adicionado algo ao nosso estoque de idéias.

Saurat pouco tem a dizer a respeito da vida íntima de Milton e nada de significativo a respeito de sua postura política. A principal ênfase do livro é religiosa. O credo de Milton, ao que parece, era uma espécie de deísmo ou panteísmo, definitivamente herético até mesmo para os padrões puritanos. Como não acredi-

* A primeira edição deste livro foi publicada em francês, em 1920, e, em inglês, em 1925. Uma seção é agora publicada pela primeira vez em inglês.

tava na dualidade do corpo e da alma, é pouco provável que acreditasse na imortalidade do indivíduo. Segundo seu ponto de vista, a Queda e a Reconciliação eram uma batalha que se renovava em cada ser humano, e era uma luta entre a razão e a paixão mais do que entre o bem e o mal. Nesse sistema, a doutrina da Reconciliação em sua versão cristã não tinha lugar, e Milton sequer menciona a crucificação em seu *Paraíso recuperado*. Implícito em seu ponto de vista está a crença de que o Reino dos Céus será afinal estabelecido na Terra, assim como era aceito pelos antigos hebreus antes da doutrina da imortalidade da alma fixar suas raízes.

Saurat aceita a máxima de Blake de que Milton "era aliado do Diabo sem o saber", mas acrescenta que "ele também era aliado de Deus, e, o que é mais importante, sabia-o". *Paraíso perdido* é uma dramatização de sua própria luta, moral e política. A história da Queda, diferente da versão bíblica, revela sua própria visão da ética sexual, enquanto a relação entre Adão e Eva ("Ele apenas para Deus, ela para o Deus que o habita") enfatiza a necessária submissão da mulher. Há, de fato, passagens em *Paraíso perdido* nas quais é difícil não sentir que Milton está escrevendo "para" sua primeira mulher. Embora não faça tal afirmação, Saurat diz que a temática de Milton é, de uma forma ou de outra, sempre ele mesmo. Suas opiniões políticas irrompem diretamente de seus sentimentos subjetivos. A opressão o fez um arauto da liberdade, mas, por outro lado, era intolerante com aqueles de quem seriamente discordava, como os católicos. Acreditava na democracia até descobrir que o homem comum não compartilhava sua forma de pensar. Saurat admite o egoísmo de Milton e sua tendência a alicerçar suas teorias em motivações pessoais, embora transforme isso em virtude:

> Mas podemos igualmente pensar ... na forte personalidade que aí havia, uma personalidade que, no exercício de suas necessidades normais, foi educada contra tudo o que fosse arbitrário de acordo

com a lei e os costumes de seu tempo. Esse homem não tinha a necessidade de pensar a fim de constatar os abusos da ordem social: tudo o que tinha a fazer era viver, e naturalmente defrontou cada preconceito e se bateu contra cada erro. Ele ingenuamente se surpreendeu, e se perguntava por que nem todos pensavam como ele. Seu egoísmo e seu orgulho eram tão profundos que atuaram como forças naturais das quais mal tinha consciência, como se a natureza humana, obstruída, atada e aprisionada em todos os outros homens, desse, somente em Milton, livre vazão a seu curso.

Isso é engenhoso, mas, quando nos lembramos de que, por exemplo, Milton somente se tornou um defensor do divórcio ao decidir dissolver seu próprio casamento, tal atitude parece não resistir às críticas.

Este livro, evidentemente, aborda o Milton pensador e não o escritor, porém não se pode evitar a impressão de que o poeta merecia um pouco mais de atenção. Pois sua característica mais notável, que não pode ser ignorada ao se traçar seu retrato completo, é sua absoluta habilidade com as palavras. É justo considerá-la única, não só por jamais ter sido satisfatoriamente igualada, a despeito de alguns artifícios estilísticos marcantes, mas também por sua independência semântica, muito mais evidente do que na maioria dos grandes poetas. Muitos dos melhores efeitos verbais de Milton são obtidos por digressões monstruosamente irrelevantes, listas de nomes e trivialidades absolutas, tais coisas como:

The barren plains
Of Sericana, where Chineses drive
With sails and wind their cany
Wagons light[*].

[*] Nas magras planícies / De Sericana, os chineses / Conduzem com vela e vento / seus carros de junco leve. [N.E.]

Se Milton prestou algum serviço ao intelecto humano, não foi por escrever panfletos contra Salmasius, mas por tecer nobres palavras em torno de pensamentos comparativamente simples. Por exemplo:

I did but prompt the age to quit their clogs,
By the known rules of ancient liberty,
When straight a barbarous noise environs me
*Of owls and cuckoos, asses, apes and dogs**.

Ao longo de um período de 300 anos, quantos defensores da liberdade de expressão não buscaram força em um verso como "Com a lei da primitiva liberdade"! No entanto, Saurat talvez escreva outro livro a respeito de Milton, considerando, desta vez, o poeta.

* Incitei o abandono dos grilhões / Com a lei da primitiva liberdade, / Quando asnos, cães, corujas e bugios / Me cercam com seu grito de barbárie. [N.E.]

17 DE SETEMBRO DE 1944

Novo mundo

The American Problem, de D.W. Brogan
(Hamish Hamilton, 10 s. 6d.)

NÃO SE SABE AO CERTO o que Brogan almejava alcançar com esse livro, que parece estar a meio caminho entre uma história popular dos Estados Unidos e um prognóstico do comportamento norte-americano no mundo pós-guerra. Seu livro, *The English People* [O povo inglês], escrito há um ou dois anos, tinha um propósito claro. Era evidentemente escrito "para" os EUA, com o objetivo de explicar o sistema social inglês e atenuar o preconceito antibritânico, e, portanto, seu tom – no geral – demasiadamente favorável era compreensível. Contudo, o presente livro, presumivelmente escrito para o esclarecimento de leitores britânicos, dá igualmente a impressão de que Brogan tinha em mente não o público inglês, mas o norte-americano. Os temas que são abordados com prudência são aqueles com os quais a opinião norte-americana se sensibiliza; e, embora apreenda muitos fatos pitorescos, o leitor britânico não obtém uma resposta clara às questões que mais provavelmente formularia a respeito dos Estados Unidos.

A principal ênfase do livro é histórica. Brogan tem razão ao ressaltar a enorme proeza, praticamente sem paralelo na história da humanidade, da colonização do continente norte-americano, e a mentalidade de "fronteira" que persistiu após o seu desaparecimento. Há também algumas colocações perspicazes a respeito da posição da mulher norte-americana, sua influência civilizadora nos primórdios quando o Oeste permanecia inexplorado, e os efeitos sobre a indústria norte-americana de sua luta por emancipação. Ele também acerta ao abordar diferenças regionais, o clima norte-americano e sua influência sobre o caráter, a arquitetura e muito mais. No entanto, no geral, ele discute coisas marginais desse tipo ou temas muito amplos e vagos: os problemas concretos e imediatos são mencionados apenas de passagem.

Por exemplo, ao discutir a máquina governamental nos Estados Unidos, Brogan apresenta uma porção de detalhes a respeito do trabalho do Congresso e emite algumas amplas generalizações a respeito do apreço norte-americano pela oratória, mas dificilmente responde à questão que quase todo inglês faria – a saber, que segmentos da população e que interesses econômicos os dois principais partidos políticos representam? Novamente, embora tenha algumas boas passagens sobre a agricultura norte-americana e o posicionamento dos agricultores, pouco diz a respeito da estrutura econômica dessa sociedade, a distribuição de renda, os sindicatos, o controle da imprensa e a popularidade ou não das teorias coletivistas. Tampouco aponta de forma definitiva se as diferenças de classe estão aumentado ou diminuindo. O problema do negro é quase ignorado. Embora Brogan dedique algumas páginas aos negros, apenas o faz para relacioná-lo ao atraso do Sul como um todo, e, somente em alguns poucos parênteses, menciona que milhões de negros passam fome e têm seus direitos desrespeitados.

É óbvio que sua temática recorrente é o isolacionismo dos Estados Unidos. Os norte-americanos oferecerão ou não ao mundo a liderança moral que deles se espera? Desempenharão seu papel na formação de uma sociedade sadia? Não há dúvida de que o autor está coberto de razão ao deixar a pergunta em aberto, mas não, com certeza, ao insinuar que tudo se resolveria caso os norte-americanos simplesmente se tornassem menos apegados aos problemas internos e mais conscientes de que o mundo exterior existe e é perigoso. O isolacionismo ignorante da mãe norte-americana que não deseja que "nossos meninos" sejam mortos em guerras no estrangeiro não é o principal perigo. Os Estados Unidos, agora a principal potência mundial, terão presumivelmente uma política externa ativa no pós-guerra: a dúvida é se será uma política esclarecida e generosa. Embora haja indícios e disposições que talvez ajudem a dar a resposta, Brogan, se tanto, mal os menciona.

Por exemplo, ele praticamente nada diz a respeito do imperialismo norte-americano, real ou potencial. Nem discute o significado da guinada a favor do Partido Republicano, que parece estar em andamento ao longo dos últimos dois anos. Nem – esta é, de fato, uma questão que envolve a Inglaterra tanto quanto os Estados Unidos, mas que obviamente não deveria ficar de fora de suas considerações – diz nada a respeito dos problemas da imigração, e especialmente a imigração das pessoas de cor. E ele é exageradamente zeloso a respeito do tema essencial, do nosso ponto de vista, do sentimento antibritânico. Quando o menciona, se contenta em apresentar uma explanação histórica desgastada e não aponta para o fato de que diferentes setores da sociedade norte-americana são antibritânicos por razões distintas e incompatíveis. Brogan parece sugerir que, quanto menos interferirmos nas questões norte-americanas, melhor será... e talvez tenha razão. No entanto, ainda é importante para os ingleses saber o que os americanos pensam de nós, e em que medida ressentimentos tradicionais e culturais são um disfarce para algo mais profundo. A escrita espirituosa de Brogan e sua habilidade de inserir, para quase tudo o que discute, exemplos pouco conhecidos não compensam o fato de evadir-se do que é essencial.

No geral, esse é um livro de "reconciliação". Embora cheio de digressões, seu principal intuito parece ser convencer o público britânico de que os Estados Unidos são um país poderoso e importante, cujos equívocos são os da juventude, e com quem é melhor não brigar. Isso nem precisava ser dito. A Inglaterra não pode se dar ao luxo de se desentender com os Estados Unidos e há pouco sentimento antiamericano em meio ao povo. Por outro lado, seria de grande valia para nós um pouco de informação especializada a respeito das políticas interna e externa norte-americana: embora possivelmente Brogan esteja qualificado para oferecê-la, o fato de que sempre tem ao menos um olho no leitor norte-americano o impede de fazê-lo.

O padre e o poeta

Gerard Manley Hopkins, de W.H. Gardner

(Secker and Warburg, 25s.)

HÁ CEM ANOS NASCIA Gerard Manley Hopkins. Nascia também Robert Bridges que, após a morte do amigo, viveu ainda 40 anos e editou *Poems* em 1918. É ao menos possível imaginar que, se não fosse por Bridges, jamais ouviríamos falar no nome de Hopkins, e a noção corrente – compartilhada recorrentemente por Gardner – de que Bridges se comportou ao longo de todo o processo como um filisteu ignorante parece extremamente injusta. Sua admiração por Hopkins era idônea, porém teve a agudeza de perceber, ainda nos anos 1870, que Hopkins tinha um talento primoroso e, ao resguardar a publicação de *Poems* até 1918, provavelmente prestou um grande serviço à sua reputação. Pois, naquele momento, o gosto do público, educado por Pound e Eliot, pela renovada popularidade de Donne, e também por certos poemas do próprio Bridges, estava pronto para Hopkins. Gardner preenche todo um capítulo com passagens de resenhas e críticas, e o que intriga a esse respeito, com poucas exceções, é quão respeitosas são. Embora Gardner pareça acreditar que Hopkins foi insuficientemente elogiado, basta pensar nas caudalosas injúrias que saudaram Joyce e Lawrence para perceber que Hopkins, ignorado ao longo da vida, não foi tão mal após a morte.

Escrevendo mais como discípulo do que como crítico, o autor está inclinado a ficar na defensiva ao falar seja do vocabulário de Hopkins, seja de suas crenças religiosas. De modo implícito, surge uma questão presente toda vez que se discute Hopkins, embora nem sempre trazida à luz: o fato de ele ser um padre jesuíta o prejudicou como poeta?

Gardner evidentemente acredita que não, e é quase certo que tenha razão. A severa disciplina, se não acarreta genuína desonestidade, não é necessariamente danosa a um poeta, e, no caso de Hopkins, sua vida eclesiástica *era* a sua temática. A arte aflora no sofrimento, e é evidente que Hopkins era infeliz, e não apenas por não ser saudável, por ser negligenciado como poeta e condenado a trabalhos impiedosos em lugares sombrios. Era igualmente infeliz porque, embora sua fé fosse inquebrantável, viver condignamente não era fácil. Ele estava na posição de um soldado combatendo em uma guerra que acreditava ser justa, mas que não finge apreciar. Intelectual e emocionalmente, era cheio de anomalias. Embora vigorosamente inglês – preferia a Inglaterra a qualquer outro país –, era um católico convertido, um cristão devoto e, ainda assim, cheio de um amor quase panteísta pela natureza, o que o igualava de certo modo a Whitman. Pode-se supor que abraçava a miséria e a castidade com facilidade maior do que a obediência, e que jamais foi capaz de ocultar sua própria individualidade tão completamente quanto desejava.

Não há razão para acreditar que seria um melhor poeta se não fosse religioso. Provavelmente seria um poeta menos original, com uma tensão menos evidente e uma linguagem menos torturada.

Todos já perceberam que há um vínculo entre as lutas religiosas de Hopkins e seu estranho estilo de escrita, e é difícil não sentir que, além da interminável busca por significados precisos, há igualmente em ação um desejo inconsciente de ser incomum. Em um mundo, o da Igreja, ele era completamente submisso, e talvez desejasse compensar a si mesmo sendo rebelde em outro, o da poesia. É desnecessário dizer que Gardner não dará ouvidos a essa interpretação. Ele quase chega a argumentar que a linguagem de Hopkins é totalmente livre de afetação, e acrescenta que o autor sempre se esforçou "para antepor o *significado* à mera sugestão e sonoridade". De fato, é possível se acostumar ao estilo de Hopkins (por exemplo, o artifício de suprimir os pronomes relativos), e aquilo que parece arbitrário justifica-se quando visto com mais atenção. Mas também é verdade que não se pode ler muito de sua obra sem se defrontar com alguma palavra que pareça ter sido introduzida porque é estranha ou porque o som de outra palavra próxima a exigiu. E disposições semelhantes – inversão de palavras e frases, por exemplo – aparecem em sua prosa.

Gardner tem razão em proclamar que Hopkins é um poeta maior, mas não em pedir a seus leitores – como de fato o faz – para deixar de lado suas faculdades críticas. Em hipótese alguma ele admite que uma crítica hostil a Hopkins seja justificada, e, às vezes, insinua que tais críticas sejam desonestas. Deve-se poder dizer a respeito de Hopkins, como de qualquer outro poeta, que parte de sua obra é boa e parte não. Deve-se poder dizer que "Felix Randal" talvez seja o melhor poema curto da língua inglesa, e, ao mesmo tempo, desaprovar uma frase como "very-violet-sweet" e concordar com Bridges que rimar "communion" com "boon he on" é "deplorável". A atitude de Gardner é "pegar ou largar". Este é um livro que qualquer interessado em Hopkins deve ler, embora o segundo volume prometido por Gardner venha a ter mais méritos, caso se lembre de que crítica e hagiografia são coisas distintas.

Numa prisão espanhola

An Interlude in Spain, de Charles d'Ydewalle

Traduzido por Eric Sutton

(Macmillan, 8s. 6d.)

Em geral, as testemunhas involuntárias são tidas como as mais confiáveis, e Charles d'Ydewalle é, ao menos em parte, uma testemunha involuntária contra a Espanha de Franco. Ele é um jornalista belga (evidentemente um católico devoto), e durante a Guerra Civil Espanhola era um entusiasta do general Franco, em cujo território aparentemente passou alguns meses. Quando seu próprio país foi subjugado pela Alemanha, iniciou um périplo até a Inglaterra e estava muito confiante de que a Espanha nacionalista, cuja "cruzada" apoiara o melhor que pôde, não ofereceria qualquer obstáculo. Foi, portanto, com alguma surpresa que se encontrou preso e arremessado a uma cela tão logo pisou em solo espanhol.

Isso ocorreu em fins de 1941. Ele só seria libertado oito meses depois, e, em nenhum momento, descobriria de que delito, se algum houve, fora acusado. Presumivelmente, fora preso pois seu vôo para a Inglaterra revelava uma simpatia pelos aliados. Em primeiro lugar, foi encarcerado na Prisão Modelo de Barcelona, que, embora construída para não mais que 700 prisioneiros, naquele momento abrigagava 8 mil. Em seguida, foi colocado em um campo de concentração, entre refugiados das mais variadas nacionalidades. Ali, as condições eram comparativamente acolhedoras: podia-se comprar pequenos luxos, escolher os companheiros de cela e havia uma rivalidade internacional na escavação de buracos embaixo da cerca de arame farpado. Foi a Prisão Modelo que, embora parcialmente, abriu-lhe os olhos para a natureza do regime.

No final de 1941, quase três anos após o encerramento da Guerra Civil Espanhola, as pessoas ainda eram executadas, somente nesta prisão, a uma taxa de cinco ou seis por semana. Além disso, havia a tortura, presumivelmente com o propósito de extrair confissões, e de vez em quando o torturador "passava dos limites". Os prisioneiros políticos e criminosos comuns ficavam mais ou menos misturados, porém a maioria dos presos era remanescente da Guerra Civil, em geral cumprindo sentenças de 30 anos. Em muitos casos, frisou D'Ydewalle, só seriam libertados quando tivessem em torno de 95 anos. Os fuzilamentos eram realizados com requintes de crueldade. Ninguém sabia, até a manhã da execução, se seria ou não escolhido.

Todas as manhãs, bem cedo, havia um tropel [sic] de botas e um estrépito de baionetas ao longo do corredor, e, de repente, essa ou aquela porta se abria e um nome era chamado. Mais tarde, naquele mesmo dia, o colchão do morto seria visto estendido do lado de fora da cela. Às vezes, um homem era perdoado e, então, fuzilado um ou dois dias depois, por algum outro delito. Mas não havia fuzilamento nos domingos ou feriados. A ostentação de religiosidade com que a vida na prisão era conduzida enojava D'Ydewalle mais do que a crueldade.

Embora tenha passado apenas um ou dois dias na Espanha como homem livre, D'Ydewalle observou, no campo de concentração, que os desprezíveis soldados espanhóis que os vigiavam ficam felizes em implorar restos de comida dos internos mais afortunados. Além de não demonstrar qualquer satisfação ao recordar esses episódios, o autor reluta em extrair-lhes toda sua lição moral. De fato, ao final, aparenta ainda estar convencido de que, durante a Guerra Civil, Franco estava com a razão e que, somente depois, as coisas degringolaram. Na prisão, às vezes se confortava com a idéia de que as infelizes vítimas ao seu redor, apenas poucos anos antes, haviam feito o mesmo com os nacionalistas. Ele reitera sua crença nas "atrocidades vermelhas" e demonstra traços claros de anti-semitismo.

A principal impressão transmitida pelo livro é de espanto. Por que ele foi trancafiado? Como pôde a "cruzada gloriosa" resultar nesse tipo de coisa? Ele até mesmo se espanta que um regime que se autodenominava católico pudesse apoiar a Hitler ou Mussolini, o que parece alçar sua ingenuidade ao extremo, uma vez que não se pode acusar o general Franco de ocultar suas afinidades políticas.

Naturalmente, não é fácil para alguém que apoiou de boa-fé a causa nacionalista no período da Guerra Civil admitir que os horrores da Prisão Modelo já estavam latentes no regime nacionalista desde o princípio. No entanto, D'Ydewalle também tem a desvantagem de vir de um país comparativamente mais ordeiro e bem governado e, portanto, de não ter qualquer compreensão prévia do totalitarismo.

O fato essencial a respeito do regime totalitarista é que não contém leis. As pessoas não são punidas por ofensas específicas, mas porque são consideradas política e intelectualmente indesejáveis. O que fizeram, ou deixaram de fazer, é irrelevante. Levou algum tempo para D'Ydewalle se acostumar com essa idéia e, como observou, havia outros prisioneiros da Europa Oriental que também tinham dificuldade de compreender isso. Após alguns meses de prisão, a ele se juntaram alguns soldados ingleses que escaparam da França. Contou-lhes a respeito dos fuzilamentos. A princípio, a incredulidade foi total e somente aos poucos, à medida que um colchão após outro surgia diante dessa ou daquela cela, perceberam a veracidade do que dissera: em conseqüência disso, comentavam com toda razão: "Bem, que eu sempre tenha a Inglaterra".

O livro é uma imprescindível nota de rodapé para essa página da história. A simplicidade que se revela no olhar do autor é uma vantagem narrativa. Contudo, não é difícil imaginar que o próximo a imitar o general Franco dificilmente terá o apoio de D'Ydewalle.

Um poeta na escuridão

Flower of Evil: A Life of Charles Baudelaire,
de Edwin Morgan
(Sheed and Ward, 7s. 6d.)

A VISÃO GERAL DA VIDA DE BAUDELAIRE, as dívidas, o vício das drogas, a amante negra, o apego quase infantil à mãe e a aversão ao padrasto gorducho, é bem conhecida. Exceto por sua breve passagem pelas ilhas Maurício, ele jamais viajou muito além da Bélgica, e, em termos geográficos, não teve uma vida aventureira. Os dois principais fatores que nela assomam foram o lamaçal de dívidas de que jamais escapou e sua dependência, tanto financeira quanto emocional, em relação à mãe. Até o final da vida, escreveu-lhe cartas, discutindo todos os seus projetos, enviando cópias de poemas ou gabando-se de futuros sucessos, e sequer uma vez, ao que parece, despertou nela um lampejo de interesse por sua obra ou qualquer outra reação, senão um desejo de que ele "tentasse ser como as outras pessoas". Ele morreu em seus braços, aos 46 anos de idade, combalido e grisalho, velho e paralítico.

Ainda que tocado pela melhor das sortes, é impossível acreditar que Baudelaire tivesse, no sentido corriqueiro do termo, uma vida de sucesso. Ele descreveu sua própria história no famoso verso "*Ses ailes de géant l'empêchent de marcher*" [As asas de gigante impedem-no de andar], e se tivesse sido, ao menos por um momento, respeitável ou sensato, provavelmente jamais escutaríamos seu nome. É o poeta da sordidez, da perversidade, do autodesprezo, e do *ennui* [tédio], que Morgan inadvertidamente traduz como *boredom* [fastio]. (Não há, em inglês, um equivalente exato para essa palavra no sentido em que a emprega Baudelaire. Talvez *taedium vitae* fosse uma tradução mais acurada.) E dificilmente valeria a pena recontar sua história, a menos que se reconheça a considerável parcela de revolta moral aí contida.

Infelizmente, o livro de Morgan é uma tentativa de apontar Baudelaire como um bom católico – ou, ao menos, um "verdadeiro" católico. Para isso se apóia no suposto retorno de Baudelaire à Igreja durante o último ano de sua vida, e na afirmação de que seus escritos são em essência cristãos, até mesmo quando, como normalmente é o caso, ele resolve virar o código moral cristão de pernas para o ar. Essa argumentação foi apresentada – e refutada – anteriormente. É até mesmo muito insatisfatória a evidência concreta que provaria, no entender de Morgan, a ortodoxia de Baudelaire.

A conversão final parece repousar no testemunho de apenas duas ou três pessoas. Será que Baudelaire alguma vez se submeteu definitivamente à Igreja, e, em caso afirmativo, estava ele em sã consciência quando o fez? Ele perdeu o poder da palavra cerca de um ano antes de sua morte e não parece que a tenha recuperado por completo. Este é apenas um pequeno livro e não pretende ser uma biografia extensa: ainda assim se autodenomina uma "vida", e o que se deve pensar de uma "vida" de Baudelaire que sequer uma vez menciona que ele era sifilítico? É possível que Morgan não acredite nisso – uma vez que já foi contestado – mas deveria ao menos aludir à questão e apresentar alguma outra razão para Baudelaire ter morrido paralítico aos 46 anos. Isso não é apenas uma peça de escândalo: é um tópico sobre o qual qualquer biógrafo de Baudelaire deve tomar partido. Pois a natureza da doença tem uma influência não apenas na condição mental do poeta durante seu último ano, mas em toda sua postura em relação à vida.

Ao longo do livro, Morgan argumenta de modo implícito que, ao escrever sobre o vício, a estupidez e seus efeitos, Baudelaire revela uma compreensão cristã do vazio da felicidade humana. Defende que Baudelaire, de fato, era um cristão pessimista, e traça seu reconhecido desprezo pelo liberalismo, pela democracia e pela idéia de progresso transcendental. No entanto, como alguém que está sofrendo de uma doença como a de Baudelaire pode ser uma testemunha desinteressada com relação à possibilidade da felicidade terrena? Nem é fácil, a partir da evidência dos escritos de Baudelaire, reconhecê-lo como católico em qualquer outro sentido senão cultural ou, como se costuma dizer, antropológico. Ele, às vezes, se interessa pelo satanismo, mas este não é, como em geral se afirma, a imagem espelho da crença cristã.

O livro dá a impressão de ter sido escrito mais como propaganda do que como biografia ou crítica. As traduções literais que acompanham as muitas citações de *Les Fleurs du Mal* demonstram uma impressionante falta de sensibilidade. No geral, são inadequadas e, em alguns lugares, duvidosamente corretas, e uma ou duas vezes Morgan simplesmente omite uma frase sem assinalar tal omissão. Ele dá, contudo, o devido crédito à biografia de Enid Starkie; e, se alguns novos leitores se interessarem por esse livro, seu esforço não terá sido em vão.

Um homem do mar

The Nigger of the Narcissus, Typhoon and the Shadow Line, de Joseph Conrad
(Dent: Everyman, 3s.)

Within the Tides, de Joseph Conrad
(Penguin Books, 9d.)

JÁ SE DISSE QUE UM ESCRITOR criativo somente deve ter a pretensão de permanecer no auge da forma por cerca de 15 anos, e a relação dos contos de Conrad reunidos na nova edição da Everyman parece comprovar essa tese. Conrad viveu sua fase áurea de 1902 a 1915. Nesse período, produziu não apenas *O agente secreto*, *Sorte* e *vitória*, mas também toda uma seqüência de brilhantes contos e novelas tais como "Juventude", "O fim das forças", "Falk" e "Coração das trevas". E é somente nesse período que predominam, em sua obra, histórias que não discorrem sobre o mar.

Das narrativas ora relançadas (o livro da Penguin contém quatro), apenas uma, "Tufão", mostra Conrad no melhor de sua forma. Seu nome está associado ao mar e ao "romantismo" de obscuras ilhas do Pacífico, e, em tempos de escassez de papel, sem dúvida era inevitável que suas histórias mais obviamente pitorescas fossem escolhidas para reimpressão. Inevitável, mas ainda assim deplorável. "O plantador de Malata", por exemplo, que ocupa quase metade de *Dentro das marés*, não vale a reimpressão. Esse conto simplesmente ilustra a teatralidade vulgar que era o avesso do apreço de Conrad pela *noblesse oblige*.

Por outro lado, "O sócio", que integra o mesmo volume, é, em essência, uma história muito agradável, embora se corrompa pela estranha desconfiança ou tibieza que impedia que Conrad narrasse uma história diretamente na terceira pessoa. "O negro do Narciso" contém magníficas passagens descritivas, mas um tanto curiosamente o que há de mais memorável neste conto são, de fato, alguns parágrafos irrelevantes nos quais Conrad foge às suas características para expressar opiniões políticas e sociais reacionárias. Em um penetrante ensaio publicado alguns anos atrás, o escritor-marinheiro George Garratt sugeriu que toda a história pode provavelmente remontar a algum encontro que Conrad, como um oficial, tivera com um marinheiro amotinado. "A linha de sombra" é uma história razoável, nem melhor nem pior que outras tantas que Conrad escreveu. Embora "Tufão" fosse, com certeza, digna de reimpressão, não há como não lamentar que não venha acompanhada por *Sorte* ou *O agente secreto*, e alguns contos de temas afins.

Quase todo o charme de Conrad emana do fato de que era europeu, e não inglês. Isso é muito óbvio em seu estilo de escrever, que mesmo nos melhores momentos, e talvez especialmente neles, parece ser uma tradução. Diz-se que por muitos anos ele foi obrigado a traduzir seus pensamentos do polonês para o francês e do francês para o inglês, e que, quando usa frases como "*his face of sick goat*" ["sua face de bode adoentado"], ou coloca o adjetivo após o substantivo ("*it was a fate unique and their own*") ["era seu destino único e próprio"], é possível reconstituir o processo ao menos até ao francês. Contudo, o romantismo de Conrad, seu amor pelo gesto grandioso e pelo Prometeu solitário em luta contra seu destino, é também, de algum modo, não-inglês. Ele tinha a aparência de um aristocrata europeu, e acreditava na existência de um "cavalheiro inglês" em uma época em que este tipo estava extinto havia cerca de duas gerações. Como resultado, estava constantemente inventando personagens cuja capacidade de viver aventuras e apreciá-las combinava-se de um modo que é impossível na vida real. *Lord Jim*, por exemplo, é um total absurdo, a despeito das brilhantes passagens em que se descreve o afundamento de um navio. "O Fim das forças" é um exemplo de história na qual o apreço de Conrad por nobreza pessoal produz um efeito de fato comovente, no entanto provavelmente não seria escrita por um inglês. Para admirar o homem inglês tanto quanto Conrad admira, é preciso ser estrangeiro, para, assim, vislumbrá-lo com olhos renovados e ligeiramente equivocados.

A outra vantagem que Conrad apreendeu de sua origem européia foi uma admirável compreensão de políticas conspiratórias. Embora tivesse um horror em geral flagrante com relação a anarquistas e niilistas, tinha por eles igualmente uma espécie de simpatia devido ao fato de ser polonês – um reacionário em política interna talvez, mas um rebelde contra a Rússia e a Alemanha. Suas passagens mais vivazes podem ocorrer em alto-mar, mas atingem a maturidade quando tocam a terra firme.

Farsa francesa

Nine Tales from les Contes Drolatiques,
de Honoré de Balzac

Traduzido por J. Plummer, R. Scutt e J.P. Collas
Ilustrações de R.A. Brandt
(John Westhouse, 12 s. 6d.)

Os *CONTES DROLATIQUES* [Contos jocosos], agora com nova tradução, relacionam-se usualmente à tradição de Rabelais e, por vezes, na verdade, a eles se referem como se fossem uma espécie de continuação de Rabelais. O próprio Balzac, em seu prólogo, lança ao seu redor o manto de "nosso bom mestre ... o príncipe de toda sabedoria e comédia", e aqui e ali se esforça por imitar certos maneirismos de Rabelais; a semelhança, porém, se existe, é superficial, e a motivação para invocar Rabelais era provavelmente, em primeiro lugar, para dar uma cor respeitável à pornografia.

A presente coletânea contém nove narrativas, das quais sete parecem provir quer de Boccaccio, quer de poemas épicos atribuídos a Villon. Elas apresentam os temas imemoriais do adultério e da trapaça dos credores. "Um preboste que não reconhecia as coisas" é uma história ingênua que segue esta linha. "O Sermão do Alegre Vigário de Meudon", uma clara imitação de Rabelais, é uma bem-sucedida narrativa no que diz respeito à atmosfera, mas de algum modo injustificada, e que sugere, nas várias observações despejadas aqui e ali ao longo do livro, que Balzac pensava em Rabelais essencialmente como humorista. "O Súcubo", uma narrativa mais longa que as demais, apresenta um caráter distinto. Pretende ser um relato do julgamento, da tortura e da derradeira queima pela Inquisição de uma jovem mulher que acreditava-se ser um demônio disfarçado. A história dá muitas oportunidades para lascívia, das quais Balzac se aproveita, mas seu propósito maior parece ter sido fazer um protesto humanitário contra a intolerância e a superstição. A atmosfera e a perspectiva moral latente nessa história lembram alguns livros da série do abade Coignard, de Anatole France.

É difícil não perceber que, em praticamente todas essas histórias, Balzac está simplesmente abandonando-se à imundície e tornando-a respeitável sob um verniz de arcaísmo. Talvez Rabelais fosse considerado um pornógrafo na França do século XIX, como com certeza o era na Inglaterra do século XIX. Deve-se lembrar que o arquidiácono Grantley mantinha a obra do autor francês em "uma gaveta secreta sob a mesa", e, em um bem conhecido poema de Browning, afirma-se que uma "pequena edição de Rabelais" compunha parte da devassidão geral dos aposentos de um solteiro. Até hoje, odiosas edições em brochuras da tradução de Urquhart são vendidas em conjunto com *Mademoiselle de Maupin*, de Teóphile Gautier, e *As obras completas de Aristóteles*. Mas, por algum motivo, sempre esteve na moda alegar que as obscenidades de Rabelais são "saudáveis" e "naturais", e de ordem completamente diversa das de, digamos, Sterne ou Petrônio. A palavra "rabelaisiano" é habitualmente usada para se referir a um tipo de grosseria mundana que visa somente à pilhéria, e não é de modo algum imoral: de fato, Rabelais com freqüência tem sido empregado como uma arma no combate a escritores como Swinburne, George Moore ou D.H. Lawrence. Na verdade, há passagens em sua obra que estão entre as mais mórbidas e desagradáveis jamais escritas, no entanto, uma vez que se admitiu que era "saudável", Rabelais poderia ser apreciado pelos puritanos, e sua influência deixa rastros em lugares imprevisíveis como, por exemplo, em *Os meninos aquáticos*, de Charles

Kingsley*. Ao se declarar discípulo de Rabelais, Balzac, com efeito, proclamava que suas intenções eram inofensivas e que estava, portanto, livre para prosseguir com o que geralmente não passa de imitações de Boccaccio ou do *Heptameron***.

O problema era que, como se pode perceber ao ler histórias semelhantes a "Como se Edificou o Castelo de Azay" ou "O Frade Amador", entre Balzac e Boccaccio encontra-se a Reforma. Em seu prólogo, Balzac explica que eliminou ("com pesar", acrescenta) as "velhas palavras" que não são consideradas próprias para impressão. O resultado, praticamente ao longo de todo o caminho, é uma insuportável zombaria: praticamente todos os parágrafos remetem a algo que o leitor compreende com perfeição, embora só possa ser insinuado na forma de escárnio. Quando o *Decamerão* foi compilado, muito pouco havia que não pudesse ser dito, mas, além disso, aquelas histórias eram o produto de uma civilização que se tornara quase pagã. Há laivos de perversão aqui e ali nos contos de Boccaccio, mas, no geral, não visavam escandalizar. A religião é conduzida de um modo que o mais violento anticlerical não adotaria em nossos dias. Com séculos de puritanismo atrás de si, Balzac não pode atingir a inocência de Boccaccio. Ele está a todo momento consciente do alcance de sua perversão e da engenhosidade com que expressa significados impublicáveis por meio de metáforas de inocência aparente. Disso resulta um sarcasmo mais elaborado e ofensivo. Numa época em que a maior parte dos romances de Balzac é de difícil acesso, é uma pena que se tenha desperdiçado papel com esta malograda obra menor.

---

* Clérigo e novelista inglês, Charles Kingsley (1819-1875) inspirou-se na teoria da evolução de Charles Darwin para escrever, em 1863, *Os meninos aquáticos*, sua mais célebre obra infantil.

** Obra da rainha Maria de Navarra (1492-1549), considerada a Mãe da Renascença francesa.

Charles, o grande

Charles Dickens, de Una Pope-Hennessy

(Chatto and Windus, 21s.)

O LIVRO PERFEITO SOBRE DICKENS – isto é, aquele que apresentasse com precisão o vínculo entre sua vida e sua obra, e entre sua obra e seu contexto – ainda está por vir. No entanto, o livro de Una Pope-Hennessy reúne tanta informação e é escrito com tanta honestidade que talvez torne desnecessários futuros estudos de caráter meramente biográfico.

Muito do que foi escrito sobre Dickens é violentamente "a favor" ou "contra", dependendo de como é julgado: se como escritor ou marido. Com o passar dos anos, sua reputação talvez tenha sido prejudicada pelo fato de *The Life of Charles Dickens* (1872), de John Forster, ter omitido ou desprezado inúmeros incidentes que, na época, deviam ser conhecidos por um círculo razoavelmente grande de pessoas. Conseqüentemente, foi com um certo espanto – na verdade, com a sensação de que foram ludibriados pelo próprio Dickens – que o público finalmente descobriu que este arauto das virtudes domésticas possuía ao menos uma amante, separara-se de sua esposa após 22 anos de casamento e comportava-se de forma marcadamente tirânica em relação a muitos de seus filhos. Embora *Charles Dickens* integre a categoria dos livros "a favor", Una Pope-Hennessy não tenta encobrir os fatos e até mesmo acrescenta um ou dois detalhes que ainda não eram conhecidos do público. Das outras acusações que vez ou outra recaem sobre Dickens, tais como seu comportamento em questões financeiras, o tratamento dispensado a seus pais e aos parentes de sua esposa, e sua alegada disposição para se render à opinião pública, a escritora o defende, em geral com sucesso.

Os dois fatos preponderantes no temperamento de Dickens foram sua infância incerta e sua ascensão meteórica à fama, logo no início da fase adulta. Segundo Una Pope-Hennessy, ele desenvolveu, desde a mais tenra idade, um "horror ao patronato e uma desconfiança em relação ao sistema aristocrático, sob o disfarce de governo representativo", uma vez que seu avô começara a vida como lacaio e seu pai crescera entre os empregados de uma casa de campo. No entanto, o período de sua infância no qual o seu pai foi levado a uma prisão de devedores, quando ele próprio trabalhava em uma fábrica de graxa para sapatos em Strand, tornou-se possivelmente uma lembrança muito mais amarga e influente. Fica evidente, nos dois relatos que Dickens escreveu sobre esse episódio, que seus sentimentos em relação a ele eram, por um lado, marcados pela arrogância, mas, por outro, pela mágoa e solidão de uma criança que se julga desprezada pelos pais. Doze anos depois de deixar a fábrica de graxa, porém, ele já era brilhantemente bem-sucedido e, a partir dos 25 anos, jamais voltaria a saber o que significava estar em apuros financeiros. Somente por um curto período, ele podia ter sido descrito como um "autor esforçado", e não passou pela experiência de escrever primeiro livros amargos para, então, ser "amolecido" pelo sucesso. No geral, seus livros tornaram-se mais radicais à medida que amadurecia. Embora sua visão sobre a sociedade seja mais desesperadora, *A pequena Dorrit*, *Tempos difíceis* ou *As grandes esperanças* não atacam as depravações individuais com mais violência do que *Oliver Twist* ou *Nicholas Nickleby*.

Una Pope-Hennessy obtém menos sucesso como crítica do que como biógrafa, e suas tentativas de resumir vários romances não serão muito úteis a alguém que já não os tenha lido. Ela oferece, no entanto, um relato adequado sobre a disposição de Dickens em relação à vida e à sociedade, e o liberta das distorções que lhe impuseram críticos anteriores, uma vez que Dickens não era neocatólico, nem marxista, nem um impostor oportunista, nem conservador. Era um radical que não acreditava no governo aristocrático nem na luta de classes. Ele próprio resumiu seu posicionamento político na frase: "Minha fé no povo do governo é, no geral, mínima; minha fé no governo do povo é, no geral, ilimitada". A sentença, graças à sua ambigüidade, foi por vezes interpretada como se Dickens fosse inimigo da democracia. Sua personalidade privada foi indubitavelmente se deteriorando desde aproximadamente a metade dos anos 1850, mas seria difícil demonstrar que tenha alguma vez corrompido suas opiniões ou perdido sua disposição para se aliar à arraia-miúda. O único ato dissonante ao longo de sua vida foi a aceitação de um baronato. No entanto, isso se deu apenas poucas semanas antes de sua morte, quando possivelmente já não se encontrava em seu estado normal.

A narrativa de Una Pope-Hennessy parece demonstrar que a mudança na personalidade de Dickens remonta a sua longa estada em Paris, durante os primeiros dias resplandecentes do Segundo Império. A sociedade na qual se misturou então era muito mais exuberante e sofisticada do que qualquer outra que jamais conhecera, e a linfática sra. Dickens, mãe de dez filhos, deve ter se sentido deslocada. Havia também a amizade desmoralizante de Wilkie Collins e o crescente interesse de Dickens pelos palcos, o que o afastava muito de casa, atirando-o ao convívio de mulheres jovens e atraentes. Como Gissing, Una Pope-Hennessy tem a impressão de que a intensa excitação que Dickens sentia, e que conseguia comunicar às audiências em suas leituras públicas, era de algum modo mórbida, e estaria relacionada ao declínio de sua saúde. No entanto, ela parece subestimar os traços de morbidez que se encontram em Dickens desde o princípio. Ao falar do encontro do escritor com Edgar Allan Poe em 1842, ela afirma que as histórias macabras de Poe dificilmente lhe interessariam "naquele momento", embora Dickens já tivesse escrito algumas cenas intensamente horrendas em *Oliver Twist*, e também a história do louco em *As aventuras do sr. Pickwick*, que quase pode ser considerada uma imitação de Poe.

Horror e compaixão

The Brothers Karamazov, *Crime and Punishment*, de Fiodor Dostoiévski

Traduzido por Constance Garnett

(Heinemann, 8s. 6d. cada)

Ora relançadas, as traduções de Constance Garnett, as primeiras traduções integrais da obra de Dostoiévski a serem feitas diretamente do russo para o inglês, surgiram no imediato período que antecedeu a última guerra. Naquele momento, deve ter sido uma maravilhosa experiência ler Dostoiévski. A muitos leitores, deve ter gerado a mesma impressão que Flaubert causou a uma geração anterior e Joyce a uma posterior – a impressão de que ali havia um território mental que sempre se soubera existir, mas que jamais se imaginara residir no âmbito da ficção. Mais do que qualquer outro romancista, Dostoiévski é capaz de despertar no leitor o sentimento: "Ele conhece meus segredos íntimos, ele escreve sobre *mim*". É difícil pensar em algo na ficção inglesa que se compare, por exemplo, à cena, logo no início de *Crime e castigo*, na qual o funcionário bêbado Marmieládov descreve como sua filha Sônia fora levada às ruas para sustentar o restante da família faminta.

Aos olhos de um leitor inglês, Dostoiévski conquistou algo devido a seu exotismo – a observação de Marmieládov de que se embebedava para depois se arrepender era, como se costuma dizer, "tipicamente russa" – mas sua qualidade essencial era sua capacidade enorme de compaixão. O escritor tinha empatia por todos os seus personagens, inclusive os menos respeitáveis. A queda da antítese herói-vilão, combinada a um rígido código moral, era algo novo, e não surpreende que, por um tempo, ele tenha dado a impressão de ser tanto um grande pensador quanto um grande romancista.

Neste momento, especialmente depois que se vencem as intermináveis 800 páginas de *Os irmãos Karamázov*, pode-se ver defeitos que, há 30 anos, eram menos aparentes. A impressão que se tem de Dostoiévski é a de olhar para uma série de representações que são incrivelmente verossímeis, exceto por serem todas monocromáticas. De certo modo, todos os personagens representam o mesmo tipo de pessoa: não há pessoas excepcionais, ou talvez seja mais verdadeiro dizer que não há pessoas comuns. Padres, camponeses, criminosos, policiais, prostitutas, negociantes, estilistas, soldados, todos parecem se misturar facilmente no mesmo mundo: mais que tudo, todos revelam a todos o seu estado de espírito. Vale a pena comparar os diálogos que se desenrolam em *Crime e castigo* entre Raskólhnikov e o comissário Porfíri Pietróvitch com o tipo de conversação que pode, de fato, ocorrer hoje na Inglaterra entre um estudante universitário neurótico e um chefe de polícia. Uma enorme dificuldade com a qual todo romancista se defronta – a de combinar em um mesmo quadro o homem de pensamento com o de ação – foi simplesmente ignorada.

À parte o famoso capítulo intitulado "O grande inquisidor", *Os irmãos Karamázov* são uma leitura maçante. O tema não parece justificar o vasto volume, do qual cerca de um terço consiste de matéria introdutória, e muitas passagens tornam fácil acreditar que Dostoiévski habitualmente escrevia, sem qualquer remendo, em um canto da mesa da cozinha. *Crime e castigo* é algo bastante distinto. Prova da extraordinária percepção psicológica desse livro é o fato de o leitor aceitar com naturalidade as ações de Raskólhnikov, embora nenhum motivo suficiente seja apresentado antes que o crime se concretize. Parece extremamente plausível que um jovem inteligente e sensível possa subitamente cometer um delito tão degradante e quase gratuito: e a razão para isso só pode ser que Dostoiévski sabia exatamente o que era sentir-se um assassino. Uma obra de arte mais conscienciosa, que forma um enclave maravilhoso no livro, é o sonho do cavalo agonizante por meio do qual se prefigura o crime de Raskólhnikov.

A editora Heinemann pretende relançar todas as traduções de Constance Garnett, que, a 6 ou 8 pences o volume, valem cada centavo. Um título que merece atenção é *Recordações da casa dos mortos*, um dos livros menos conhecidos de Dostoiévski e ultimamente de difícil acesso. A obra descreve, sob o tênue disfarce da ficção, as experiências do próprio autor como prisioneiro na Sibéria e inclui o inesquecível conto "O Marido de Akulka".

Em fuga

Horned Pigeon, de George Millar

(Heinemann, 10 s. 6d.)

A ÚLTIMA GUERRA já produziu um grande número de livros de "fuga" e, embora distintos – de fato, o livro de Millar encerra quase três vezes mais violência e sensacionalismo que a média dos livros –, apresentam semelhanças que tornam possíveis certas generalizações sobre o tema. Para começar, prisioneiros de guerra parecem muito mais dispostos a fugir, e têm para isso melhores oportunidades do que os criminosos comuns, a despeito da enorme desvantagem de estarem em um país estrangeiro e hostil. Em segundo lugar, os oficiais parecem evadir-se relativamente com mais freqüência do que aqueles de outras patentes. Em terceiro lugar, a fuga raramente é bem-sucedida na primeira tentativa e, muitas vezes, afinal, se concretiza na forma de ato impensado, tal como saltar de um trem.

Entregue pelos italianos, Millar caiu prisioneiro do Exército de Rommel* na Líbia, no outono de 1942, sendo, em seguida, entregue aos italianos e posteriormente levado à Alemanha, após a Itália abandonar a guerra. Tendo fugido no início de 1944, abriu caminho através da França e Espanha até a Inglaterra; en-

* O general Erwin Rommel (1891-1944) comandou o "Africa Korps", lendária divisão alemã que atuou no norte da África durante a Segunda Guerra Mundial. [N.T.]

tão, foi enviado de volta ao território francês para participar do Movimento de Resistência (isso é descrito em seu livro anterior, *Maquis*) e, na primavera de 1945, como correspondente do *Daily Express*, foi parar na mesma região da Alemanha de onde fugira.

Intercaladas à história, surgem complicações domésticas que talvez fosse melhor deixar de fora de um livro como esse: a parte mais fascinante, porém, é a descrição das primeiras tentativas frustradas de fuga e das condições nos campos italianos, quando ainda não se tornara óbvio que o Eixo perderia a guerra. Havia imundície, degradação, fome e miséria em cada descrição, e Millar acredita que nos campos de passagem do Norte da África os prisioneiros eram deliberadamente reduzidos à condição de espantalhos, para que pudessem ser exibidos na Itália como exemplos da "degeneração" britânica. Ele próprio, por algum tempo após sua captura, sofreu de disenteria e má nutrição, mas, assim que atingiu Pádua na Itália e recuperou parte de suas forças, graças a uma comida um pouco melhor, começou a planejar a fuga.

A forma mais óbvia para se fugir de uma prisão é cavando um túnel. Os prisioneiros de guerra, em especial os oficiais, podem se dedicar a isso, porque têm uma grande quantidade de tempo à disposição e, caso estejam encarcerados em uma fortaleza, há usualmente um porão no qual pode-se estocar a terra removida. Por conseguinte, em todas as histórias aparecem as mesmas características: as terríveis lutas embaixo da terra com ferramentas improvisadas, os comparsas do lado de fora, provocando distrações em momentos críticos, as roupas civis feitas de cobertores ou uniformes adulterados e tingidas com tinta ou vinho, e os bonecos sobre as camas na noite da partida. Essas tentativas, porém, raramente são bem-sucedidas.

Outra forma é lançar mão de ardis ou subornos. Vestidos com uniformes italianos, Millar e dois companheiros tentaram, com extraordinária coragem, atravessar a pé o portão principal, mas foram contidos por um pequeno revés. Após a recaptura, foram cruelmente espancados e, em seguida, enviados a um campo de punição. Ali ocorreram novas escavações e, mais tarde, quando a Itália se rendeu e os alemães assumiram o campo, Millar e alguns outros procuraram se esconder, com o intuito de escapar assim que o restante dos prisioneiros fosse removido. A caminho da Alemanha, algumas pessoas pularam do trem, muitas das quais foram baleadas pelos guardas. No entanto, quando Millar, ao saltar de um trem, finalmente empreendeu sua fuga, o regime nazista já começara a desmoronar e havia uma rede de organizações clandestinas que prestava auxílio aos fugitivos.

A última parte do livro descreve sua jornada pela França e pela Espanha até chegar ao Consulado Britânico, em Barcelona. Embora haja um exagero de detalhes, o livro revela fatos de grande valor histórico, e tem a vantagem de não se deixar influenciar demais por qualquer predileção política. Desse modo, Millar observa que alguns dos exilados franceses que o abrigaram em Munique e que faziam tudo ao seu alcance para sabotar a máquina de guerra alemã eram, contraditoriamente, entusiastas do governo de Pétain. De grande interesse, também, são as descrições de prisioneiros russos que costumeiramente escalavam o arame farpado de seu complexo, dilacerando suas mãos, a fim de obter, no lado britânico, um pedaço de pão com geléia, pelo qual pagavam com canções. Embora o estilo seja em algumas passagens cansativo e egocêntrico, este é, no que diz respeito ao conteúdo, um dos melhores livros de guerra que apareceram até o momento.

Como ia dizendo

The Democrat at the Supper Table, de Colm Brogan
(Hollis and Carter 8s. 6d.)

O NARCISISMO É UMA MOTIVAÇÃO comum a todos os romancistas, incluindo alguns dos melhores. Agir com firmeza e ousadia em momentos de perigo, remediar injustiças, ter uma personalidade forte, exercer fascínio sobre o sexo oposto e fustigar inimigos pessoais – essas coisas se alcançam mais facilmente no papel do que na vida real, e raro é o romance que não contenha aqui ou ali uma representação do autor, sutilmente disfarçado em herói, santo ou mártir. Isso é particularmente notável em romances coloquiais, categoria na qual se insere o livro de Brogan. Sem que de fato o copie, Brogan sofre uma influência clara de Chesterton, e seu protagonista tem, à semelhança do padre Brow*, a habilidade de tirar o melhor de um argumento e também de rodear-se de tolos e salafrários cuja função é dar vazão à sua verve.

A ação – ou melhor, a série de discussões de que consiste o livro – se desenrola em um hotel. O "eu" da narrativa, que se descreve como um democrata e, supostamente, católico, divide a mesa de jantar com um judeu comunista, um mestre-escola de visões avançadas, um nacionalista indiano, um homem de negó-

* As narrativas policiais protagonizadas pelo padre Brown, um misto de detetive e filósofo, são as mais célebres criações do escritor inglês G.K. Chesterton (1874-1936). [N.T.]

cios, um poeta e a proprietária do hotel. Os três primeiros atuam como comediantes. O homem de negócios, por outro lado, se permite demonstrar lampejos ocasionais de bom senso, enquanto o poeta é um personagem enigmático, por vezes inclinado a se aliar com o narrador, e a proprietária, uma típica mulher chestertoniana, um ser destituído de lógica, mas detentor de uma sabedoria que ultrapassa o mero saber masculino. Como a argumentação gira basicamente em torno de duas questões – livre iniciativa *versus* controle estatal, e a ampliação da idade escolar –, o leitor experimentado pode antecipar grande parte do que será dito por cada debatedor.

Entretanto, quando se compara esse livro com seus predecessores de dez ou vinte anos atrás, difícil é não se impressionar com o recuo que o conservadorismo – empregando o termo no sentido amplo – já foi obrigado a fazer. Brogan sai em defesa do capitalismo, e despende considerável ingenuidade ao considerar que a Grã-Bretanha teria mais chance de recuperar sua fatia no mercado mundial com uma economia "livre" do que com indústrias nacionalizadas. Ele não finge, como Chesterton, que seria possível retroceder à Idade Média e que grandes porções da população almejam por isso. Ele até mesmo defende a produção massificada e está disposto a aceitar o princípio do seguro social, embora se oponha à sua obrigatoriedade. Além disso, é contrário a um sistema educacional unificado e à ampliação da idade escolar, mas, por outro lado, deseja aumentar os gastos com escolas de educação infantil e não afirma, como pensadores afins teriam feito há pouco tempo, que os pais deviam ter direito de decidir se seus filhos ingressarão ou não na escola. Na verdade, o livro é uma ação de retaguarda – uma defesa do passado, embora inspirada por uma consciência de que não resta muito mais a defender.

Contudo, as conversas seguem o padrão corriqueiro. O comunista é uma criatura amarga que insere referências à Rússia soviética em quase todas as suas frases. O mestre-escola é um tagarela. O indiano é uma amálgama de exaltações vagas e queixas imaginárias; e mesmo o homem de negócios, à sua maneira intransigente, é tomado pelos sermões do deão de Canterbury. Quanto ao narrador, é um modelo de sagacidade, erudição, inteligência, tolerância e bom senso; e, se não consegue que os outros adotem seu ponto de vista, é porque suas mentes já estavam degeneradas pelas tolices da educação moderna.

O problema de livros como esse é que apresentam uma espécie de lamúria que advém do fato de não terem realmente um programa prático a oferecer. Brogan talvez saiba que não haverá retorno ao capitalismo *laissez-faire*, assim como Chesterton estava ciente, em algum momento, de que não haveria retorno à propriedade camponesa. Também é provável que Brogan saiba que não há muita utilidade em dizer às pessoas que a obrigatoriedade da educação e do seguro social, o controle dos investimentos e a direção do trabalho ampliam a escravidão, pois, ainda que fosse verdade, a grande massa da população preferiria de longe a escravidão.

Brogan não aprecia o caminho que o mundo vem trilhando atualmente, mas é incapaz de pensar em uma alternativa que pudesse ser-lhe oferecida. Assume, portanto, a postura essencialmente defensiva de apontar os absurdos e monstruosidades do pensamento "avançado" – o que, afinal, não é tão difícil. Contudo, não será por meio desses métodos que qualquer um que já não esteja de acordo com ele seja levado a pensar duas vezes a respeito do comunismo, feminismo, ateísmo, pacifismo, ou qualquer um dos outros "ismos" que Brogan menospreza.

Por que a França caiu

Plea for Liberty, de George Bernanos

(Denis Dobson, 8s. 6d.)

Quando a "Carta aos Ingleses", de George Bernanos, foi escrita, em princípios de 1941, nenhuma tradução foi publicada e dificilmente se obtinha o original em francês. Neste livro, elas são complementadas por uma "Carta aos Americanos" e uma "Carta aos Europeus", ambas escritas um pouco antes de os Estados Unidos entrarem na guerra.

As "Cartas" originais foram uma reação direta à derrota francesa em 1940, e sua mensagem parece, senão verdadeiramente irrelevante, menos inspiradora agora do que deve ter sido então. Uma tendência para a retórica – ou seja, uma tendência a dizer tudo com excessiva minúcia, e a um só tempo sem espontaneidade e precisão – parece ser uma fraqueza comum aos escritores franceses da atualidade, e Bernanos não é exceção. De fato, pode-se ler suas 80 páginas veementes e delas se afastar sem nada apreender senão que o autor é, por um lado, católico e, por outro, um adversário do marechal Pétain. No entanto, essa é, em si mesma, uma posição embaraçosa, e deve-se dizer, em favor de Bernanos, que, mais do que mera propaganda, ele tenta explicar *por que* a França caiu e como foi possível que pessoas razoavelmente bem intencionadas colaborassem com sua ruína.

Em essência, as cartas são um violento ataque à burguesia francesa, entendida aqui mais ou menos em seu sentido econômico corrente. Com sua mentalidade comercial, a burguesia reconhecia as desvantagens da guerra e, por isso, era incapaz de oferecer qualquer alternativa política a não ser a conciliação e, caso a oportunidade tivesse surgido em 1918, teria liquidado a questão nos mesmos moldes empregados em 1940. Ainda que algum tipo de milagre ou acidente – a deflagração de uma doença no Exército alemão, por exemplo – tivesse subitamente mudado a sorte da guerra, a burguesia teria feito o mesmo uso da vitória que fez da derrota: isto é, seu único objetivo seria restaurar a ordem, salvaguardar a propriedade privada e colocar o homem comum em seu devido lugar:

> Os burgueses desprezam o povo, embora o temam ... O problema da burguesia francesa hoje é que, enquanto é suficientemente rica e poderosa para prestar um bom serviço à comunidade, suas origens são muito baixas para que se eleve a uma concepção de serviço desinteressado, um que não se paga. Ela dá uma grande importância a todos os "valores" preciosos que se arvora em defender, empregando sempre um ingênuo pronome possessivo. É a *nossa* lei e ordem, *nossa* propriedade, *nossa* justiça ... Devido à forma como escrevo, os intelectuais a serviço da burguesia tentam me rotular como demagogo. Com efeito, sou um homem da antiga França, ou melhor, da França; pois mil anos de história não serão apagados por 150 anos de hesitação desprezível ... "Não há mais privilégios – há apenas deveres". Esse era o princípio que reinava na monarquia popular francesa e ao qual ainda dedico minha lealdade.

Ao denunciar a burguesia francesa, Bernanos não a acusa de mera velhacaria. "Nossa elite", afirma, "tinha princípios; estava coberta de princípios, tal qual um cadáver de vermes". Os burgueses, porém, perderam suas tradições e tornaram-se não-cristãos – apesar de, no geral, o clericalismo e a reação formarem uma aliança. Por outro lado, sem o saber, o homem comum permanece igualmente patriótico e cristão. "O povo não mais vai à missa ... No entanto, a imagem que eles trazem consigo, no fundo de suas almas, sem o saber, é a de uma sociedade que de fato jamais existiu, mas por cujo inacreditável advento seus ancestrais esperaram, século após século: a cidade da verdadeira comunhão, sob o selo da fraternidade."

Há muito que se pode facilmente questionar o monarquismo romântico de Bernanos. Ele está inclinado a vislumbrar, em 1789, a fonte de todos os males de que sofre a França e, mesmo acreditando no homem comum, renega a democracia. Não há dúvidas de que a Revolução Francesa foi essencialmente a vitória da classe média comercial, mas é igualmente verdadeiro que estabeleceu certos princípios que Pétain e seus seguidores estavam conscientemente dispostos a destruir. De fato, um acontecimento que o livro traz à tona é que a divisão da sociedade francesa era muito maior do que tudo o que havia na Inglaterra. Por várias gerações, importantes setores da nação se recusaram a aceitar o regime sob o qual viviam. Bernanos deseja reunir, de um lado, os católicos, os monarquistas e o proletariado, e, de outro, os republicanos, os homens de negócios e os fascistas – uma constelação improvável, que somente é crível, pois ele próprio, por coincidência, combina honestidade e animosidade com amor ao passado. Seus princípios políticos, levados às últimas conseqüências, são provavelmente mais próximos dos de Pétain do que os de Mandel ou Blum: no entanto, seu ódio à mentira e à tirania necessariamente o leva – como o levou em 1938, quando a maioria de seus companheiros católicos aclamava a "cruzada" de Franco – a uma direção contrária.

Ao ler esse livro, não se deve esquecer a data em que foi escrito e a atitude equivocada de milhares de católicos tanto na Europa quanto nas Américas. Muito do que diz precisava ser dito naquela época, e só se pode lamentar que não tenha sido traduzido para o inglês cinco anos antes.

Vá às formigas

Of Ants and Men, de Caryl P. Haskins

(Allen and Unwin, 10s. 6d.)

FISICAMENTE, AS FORMIGAS SÃO o mais distintas possível dos seres humanos; em seu comportamento, porém, apresentam uma espécie de paródia das atividades humanas, e sua organização social é tão mais eficiente que a nossa que pode ser usada não apenas para propósitos de analogia, mas como um objeto de estudo por meio do qual podemos criticar nossas próprias instituições. O livro de Haskins fornece de passagem uma grande quantidade de informações acerca dos hábitos das formigas. No entanto, seu principal objetivo é decidir se existe um verdadeiro paralelo entre as formigas e os seres humanos. Há algum proveito em "ir às formigas", segundo o conselho de Salomão*? A evolução física e social das formigas lança alguma luz sobre a provável direção do nosso próprio desenvolvimento?

O livro é cheio de coisas estranhas e – do ponto de vista de uma pessoa comum, avessa a insetos – horríveis. Alguns dos fatos casualmente mencionados são mais estranhos do que qualquer coisa na sociedade humana – a estranheza deve-se ao fato de que as instituições das formigas são muito mais variadas e plenamente desenvolvidas. Por exemplo, enquanto o homem domesticou cerca de 50 espécies de pássaros e animais, as formigas domestica-

* Provérbios 6:6. [N.T.]

ram umas três mil espécies de insetos. Há também a extraordinária diferenciação de funções entre as formigas, que se comprova não só na divisão entre tipos sexuados e assexuados, mas, de uma forma ainda mais sensacional, na variedade de tamanhos. Às vezes, no mesmo ninho, a rainha ou o soldado podem ser muitas centenas de vezes maiores que uma operária comum. Essas criaturas, que, em matéria de tamanho, estão uma para a outra como um cão para um rato, cooperam em aparente harmonia, cada qual perfeitamente especializada em sua própria função. Assim, as famosas saúvas vivem de uma espécie de fungo, que cultivam em um composto de folhas mastigadas. O corte e o carregamento das folhas são feitos por formigas relativamente grandes, mas os jardins são tratados por minúsculas "jardineiras".

Há formigas que armazenam grãos – cujas reservas às vezes eram tão grandes a ponto de se tornarem motivo de litígio humano –, formigas carnívoras, formigas escravizadoras – de todas, essas talvez tenham os hábitos mais impressionantes – e há também formigas excepcionalmente adaptáveis, que parecem ter mudado seu estilo de vida em um período bastante curto de tempo e substituído espécies mais conservadoras em grandes áreas do planeta. No entanto, há estranhas lacunas na extraordinária eficiência das formigas, uma das quais é a tolerância a parasitas. À parte as inúmeras espécies de pulgões que as formigas mantêm como "vacas", há outros insetos que conseguem viver vicariamente dentro de seus ninhos, e outros que, ao que parece, são mantidos como animais domésticos, provavelmente devido ao aroma que exalam. Às vezes, estes se tornam tão numerosos que toda a economia do ninho entra em colapso e as formigas morrem ao lado de seus hóspedes.

Haskins nada conclui em definitivo acerca de se podemos ou não antecipar nossa própria evolução, mas parece inclinado a considerar que, no que diz respeito às formigas, o totalitarismo representa um avanço em relação à democracia. As formigas mais primitivas e menos bem-sucedidas apresentam uma estrutura social comparativamente democrática, enquanto as maravilhosas organizações das sociedades de espécies mais altamente desenvolvidas têm muito em comum tanto com o fascismo quanto com o comunismo. No entanto, continua sendo verdade, como o autor aceita inteiramente, que as formigas são individualmente muito diferentes de nós para que qualquer comparação seja mais que duvidosamente válida. Elas vivem em um mundo distinto do nosso e há dúvidas de que tenham consciência, considerando a forma como entendemos este termo. Cada formiga sai de seu casulo sabendo o que precisa saber e, então, sem qualquer tentativa de atividade independente, repete o padrão que, em alguns casos, vêm sendo retomado há milhões de anos. Às vezes, revela-se uma estupidez quase inacreditável. Tomem-se os hábitos da formiga parasita *Bothriomyrmex decapitans*:

> Pouco depois de entrar nos populosos formigueiros da colônia hospedeira, as rainhas dessa espécie procuram as reprodutoras da comunidade consideravelmente maiores do que as suas próprias. Montando no dorso das legítimas proprietárias, as fêmeas *Bothriomyrmex* passam os dias seguintes a serrar, desde o alto, as cabeças das enormes rainhas. Assim que as cabeças caem, as impostoras são adotadas pelas operárias órfãs.

Empreendem-se manobras semelhantes na política humana, porém não são tão facilmente toleradas, e temos, ao que parece, mais controle sobre nosso próprio destino do que até mesmo a espécie mais inteligente de formiga. Ainda assim, quando se considera sua audácia, sua fecundidade, sua disposição para viver em praticamente qualquer clima e sustentar-se de qualquer alimento, e, acima de tudo, sua inquestionável lealdade a seus semelhantes, consideramos uma boa escolha que as formigas não sejam maiores.

"Mr. Sludge" *

Heyday of a Wizard, de Jean Burton

(Harrap, 10s. 6d.)

DANIEL DUNGLAS HOME, que inspirou o "Mr. Sludge" de Robert Browning, tem a curiosa distinção de ser o único médium espiritualista – ao menos, o único médium "materialista" – que jamais foi desmascarado. Sua vida transcorreu sob a luz da publicidade, e uma considerável bibliografia edificou-se ao seu redor. O czar Alexandre II, a Imperatriz Eugênia, o rei da Prússia e uma respeitável parcela da aristocracia britânica acreditavam nele devotamente; o mesmo se dava entre escritores e cientistas como Ruskin, Bulwer Lytton, Thackeray, sir William Crookes, Elizabeth Browning e Harriet Beecher Stowe. Em várias ocasiões, Home levitou pelo ar, usualmente na posição horizontal, materializou mãos espirituais a partir do nada, extraiu notas musicais de instrumentos, sem tocá-los, e fez com que pesadas peças de decoração com as quais não mantinha qualquer contato direto saltitassem pela sala como bailarinas. E em apenas uma única ocasião bastante duvidosa produziu-se contra ele alguma evidência de trapaça.

Além disso, nada do que se sabe a respeito de sua vida pessoal sugere que fosse uma fraude deliberada. Home foi, até certo

* O poema satírico, "Mr. Sludge, 'The Medium'" (1864), de Robert Browning, apresenta uma visão cética e preconceituosa do célebre médium, Daniel Dunglas Home. [N.T.]

ponto, um alpinista social e desfrutou de dois casamentos afortunados, em parte resultantes de suas atividades espiritualistas, mas não era mercenário. Embora aceitasse presentes luxuosos, como jóias, recusava pagamentos em dinheiro e não se "apresentava" sob encomenda. Assombrava seus colegas médiuns ao escarnecer de "sessões obscuras" e ao expor alguns dos truques usualmente empregados para produzir "manifestações". E, embora tivesse alguns cáusticos desafetos, como Robert Browning, seu relacionamento com as outras pessoas e seu habitual estilo de vida tornavam bastante difícil acreditar que fosse um impostor ordinário.

E, no entanto – e este é um aspecto que Jean Burton não consegue enfatizar –, alguma espécie de impostura deve ter havido. Muitas das histórias que se contam a respeito de Home são claramente inacreditáveis, em especial por aparentarem uma total lisura. Ao contrário de todos os outros médiuns "materialistas", Home executou algumas de suas mais espantosas proezas em plena luz do dia ou sob forte luz artificial, e, com bastante freqüência, estas eram um tipo de truque que não poderia ser reproduzido por um ilusionista, exceto em terreno preparado. Por exemplo, William Howitt, autor de *The History of the Supernatural* [A história do sobrenatural], afirma ter visto uma mesa que, ao elevar-se do chão, começou a girar até o tampo atingir a posição perpendicular, tendo sobre ele um vaso de flores que permaneceu imóvel "como se estivesse aparafusado à superfície". A mesa, então, deslizou até a sala contígua e posicionou-se sobre outra mesa, permanecendo suspensa no ar. É claro que coisas desse tipo não podem de fato ter acontecido. Poder-se-ia acreditar nelas somente se houvesse registros de outros episódios, e nenhuma alegação semelhante foi feita com sucesso por qualquer outro médium desde Home. No entanto, não se resolve o problema simplesmente escrevendo que os relatos das sessões de Home são puras "mentiras" ou "fantasias". Pois, afinal de contas, por que indivíduos respeitáveis e inteligentes conspirariam para contar histórias que, com certeza, os exporiam ao ridículo? Deve-se concluir que Home, estivesse ou não consciente disso, tinha algum poder hipnótico que lhe permite induzir alucinações coletivas.

Burton quase não toca nessa questão. Seu livro é, em essência, uma biografia, e simplesmente relata as passagens da vida de Home com raros comentários, que nem sequer refutam em definitivo a insinuação de que ele era uma fraude vulgar. A introdução que o falecido Harry Price fez ao livro não aprofunda a questão, embora lance o que provavelmente seja uma boa pista ao classificar Home como um "médium-*poltergeist*". Embora Home, que atingiu seu ápice nos anos 60 e 70 do século XIX, não tenha se apresentado sob condições de teste e as pessoas que presenciaram suas sessões tenham há muito falecido, talvez seja possível apreender um pouco mais acerca da natureza de seus poderes examinando em detalhes os registros remanescentes.

Sua mais célebre proeza – com razão, se é que de fato ocorreu – foi levitar janela afora e regressar por outra, a três andares do chão. Embora minuciosamente descrito por duas testemunhas, esses relatos foram analisados, entre outras obras, no livro sobre espiritualismo de Bechhofer Roberts, e apresentaram excessivas inconsistências. A obra de Burton proporciona uma leitura agradável e é útil no que tange à grande quantidade de informações e fontes que apresenta. No entanto, é mais necessário um exame crítico da evidência sobre a qual se assenta a reputação de Home. Pois os fenômenos do espiritualismo, como as peças pregadas pelos *poltergeits*, não são por si só interessantes. O que interessa é saber como as pessoas podem ser induzidas a acreditar nelas, e, nesse caso, esse médium paradigmático talvez possa render-nos um pouco mais de informação.

O dilema do escritor

The Writer and Politics, por George Woodcock
(The Porcupine Press, 10s. 6d.)

"QUALQUER ARTISTA HONESTO", escreve George Woodcock, "é um agitador, um anarquista, um incendiário", e essa audaciosa observação pode ser tomada como o princípio norteador de seu livro. Embora os ensaios reunidos nessa coletânea sejam um tanto heterogêneos na forma e lidem mais com particularidades do que com generalidades, sempre retomam aquela dolorosa e – ao que parece atualmente – irresolúvel questão da relação entre literatura e sociedade.

No ensaio de abertura, o problema é explicitamente apresentado. Em nossa própria época, um escritor sério não pode ignorar a política tal qual faria no século XIX. Os eventos políticos afetam-no muito intimamente, e ele tem plena consciência do fato de que seus pensamentos aparentemente individuais são um produto de seu ambiente social. Ele, por isso, procura, como muitos escritores dos últimos 20 anos fizeram, interferir diretamente na política, apenas para descobrir que entrou em um mundo no qual a honestidade intelectual é considerada um crime. Caso siga a linha partidária, ele destruirá a si mesmo como escritor, caso se recuse a fazê-lo, será denunciado como um renegado. Isso o leva a se refugiar no diletantismo, ou, talvez ainda pior, a alternar entre uma atitude e a outra. Somente abraçando o anarquismo libertário, sustenta Woodcock, pode o escritor ter uma efetiva participação política sem perder sua integridade; o autor, ao menos, deixa bem claro que o anarquismo não se confunde com um indistinto utopismo. No entanto, ele não refuta completamente a objeção de que o anarquismo é apenas um outro "ismo" e de que todos os movimentos que envolvem grandes massas populares tendem a ser semelhantes em sua atmosfera intelectual.

A esse ensaio, seguem-se um outro sobre a criação de mitos políticos e, então, outros três estudos sobre pensadores revolucionários cujos escritos são menos conhecidos na Grã-Bretanha do que deveriam ser: Proudhon, um dos fundadores do movimento socialista francês; Herzen, amigo e patrocinador de Bakunin; e Kropotkin, o biólogo e sociólogo cuja visão inventiva e pragmática torna-o um dos mais persuasivos escritores anarquistas. Depois disso, há ensaios sobre uma série de escritores contemporâneos – Silone, Koestler, Graham Greene, entre outros – a maioria dos quais se assemelha por combinar uma perspectiva de "esquerda" com a hostilidade ao comunismo ortodoxo. Ainda que Silone seja quem mais se aproxime de ganhar a total aprovação de Woodcock, Graham Greene é tratado com marcante cordialidade – ao que parece, Greene, embora católico, é *anima naturaliter anarchistica*; Koestler é condenado devido à mudança de postura que assume, ou parece assumir, em *Ladrões na noite*, um livro que perdoa os métodos totalitaristas que anteriormente atacara em *Escuridão ao meio-dia*.

Entre os demais ensaios há um sobre a sociologia dos hinos – um tema excelente, mas tratado muito brevemente, uma vez que Woodcock está interessado quase exclusivamente nos hinos revivalistas e não discute os hinos medievais em latim e suas traduções; nem, por outro lado, as ocasionais amostras modernas (como os de Henry Newman) que revelem valor literário.

A defesa da liberdade

Gandhi e Stalin, por Louis Fischer

(Gollancz, 10 s. 6 d.)

"HAVENDO UM AMPARO de liberdade que o sustente", escreve Louis Fischer, "e usando a alavanca do poder individual, Gandhi garante mover o mundo". Isso soa esplêndido, é claro. Porém, uma vez que se apresenta como a base aparente para um programa político, sente-se a necessidade de perguntar: o que Gandhi faria caso *não* lhe dessem o amparo que o sustentasse?

O fato de em nenhum momento responder com clareza a essa questão arruína o livro. De modo geral o argumento de Fischer é extremamente simples. A Rússia é um perigo para a paz mundial e deve ser combatida: a resistência que nós, as nações ocidentais, oferecemos só terá sucesso se a nossa própria democracia funcionar: e para isso devemos seguir os ensinamentos de Gandhi. As duas primeiras proposições dificilmente serão contestadas, e Fischer as demonstra com cuidadosa habilidade. Ele argumenta contra o regime stalinista em um vigoroso estilo jornalístico, ancorado em sua larga experiência pessoal sobre as condições russas, e enfatiza com correção o que ainda não foi suficientemente compreendido neste país: que a luta entre a Rússia e o Ocidente pode ser decidida pela atitude das pessoas de cor. No momento, estamos perdendo a batalha pela Ásia e pela África, e vencê-la significará uma mudança de atitude que ainda não se vislumbra no horizonte dos acontecimentos. No entanto a exortação de Gandhi em apoio a um programa meramente "progressista" e antitotalistarista é *non sequitur*.

O fato é que, uma vez que demandam publicidade, os métodos políticos de Gandhi quase não têm relevância na atual situação. Como Fischer admite, Gandhi jamais lidou com um poder totalitarista. Lidava com um despotismo antiquado e um tanto vacilante, que o tratava de um modo razoavelmente cavalheiresco e lhe permitia a cada passo invocar a opinião pública mundial.

É difícil reconhecer como sua estratégia de greve de fome e desobediência civil poderia ser aplicada em um país onde os oponentes políticos simplesmente desaparecem e o público nada ouve além do que lhe permite o governo. De mais a mais, quando nos diz que deveríamos seguir os ensinamentos de Gandhi, não parece que Fischer queira de fato dizer que deveríamos seguir os ensinamentos de Gandhi. Ele deseja conter a expansão do imperialismo russo, se possível por meio da não-violência, mas com o uso dela, se necessário; enquanto o princípio fundamental de Gandhi era o de que não se deve usar a violência mesmo que a alternativa seja a derrota. Instado a emitir uma opinião sobre os judeus alemães, Gandhi aparentemente respondeu que eles deveriam cometer suicídio coletivo e, assim, "despertar o mundo" – uma resposta que parece desconcertar até mesmo Fischer, cujas conclusões, em sua maior parte, são tais que qualquer pessoa de boa índole pode abraçá-las de coração aberto. Contudo, a tentativa de derivá-las de Gandhi parece estar embasada mais na admiração pessoal do que em uma genuína concordância.

A cultura e as classes

*Notes Towards the Definition of Culture**, de T. S. Eliot

(Faber and Faber, 10s. 6d.)

EM SEU NOVO LIVRO, *Notas para uma definição de cultura*, T. S. Eliot argumenta que a sociedade verdadeiramente civilizada demanda um sistema de classes como um de seus alicerces. É claro que está fazendo apenas um contraponto. De fato, não defende que haja um método qualquer capaz de criar uma civilização superior; apenas sustenta que uma sociedade assim talvez não floresça na ausência de certas condições, entre as quais se encontra a distinção de classes.

Isso descortina um sombrio horizonte, pois, por um lado, é quase certo que as distinções de classe à moda antiga estão agonizantes e, por outro lado, Eliot tem, *prima facie*, ao menos um argumento poderoso.

A essência de seu raciocínio é que os mais elevados níveis de cultura foram alcançados por apenas uma pequena parcela da sociedade – sejam grupos sociais ou regionais –, que foi capaz de aperfeiçoar suas tradições no decorrer de longos períodos de tempo. A mais importante de todas as influências culturais é a família, e a lealdade à família é mais forte quando a maioria das pessoas acredita que atravessaram a vida no nível social em que

* Publicado no Brasil, com o título de *Notas para uma definição de cultura* (São Paulo, Perspectiva, 1988). [N.T.]

nasceram. De mais a mais, não havendo qualquer precedente a nos servir de referência, não sabemos o que seria uma sociedade sem classes. Apenas sabemos que, uma vez que as funções ainda teriam de ser diversificadas, as classes seriam substituídas por "elites", um termo que Eliot toma emprestado, com evidente desagrado, do falecido Karl Mannheim. As elites planejarão, organizarão e administrarão, embora Eliot duvide, talvez justificadamente, que possam se tornar os guardiões e transmissores da cultura, como algumas classes sociais o foram no passado.

Nascimento e escolha

Como sempre, Eliot insiste que tradição não significa culto ao passado; ao contrário, uma tradição permanece viva apenas quando evolui. Uma classe pode preservar a cultura, porque ela própria é algo orgânico e mutante. Mas aqui, de forma bastante curiosa, Eliot não percebe o que talvez fosse o principal argumento a seu favor, a saber, que uma sociedade sem classes dirigida pelas elites pode se fossilizar muito rapidamente, simplesmente porque seus governantes podem escolher seus sucessores, e sempre tenderão a escolher pessoas que se assemelhem a elas.

Instituições hereditárias – como Eliot poderia ter argumentado – têm a virtude de serem instáveis. Devem ser assim porque o poder está constantemente recaindo sobre as pessoas, que são incompetentes para exercê-lo ou o usam para propósitos não previstos pelos seus antepassados. É impossível imaginar qualquer corporação hereditária que sobreviva tanto, e com tão pouca mudança, quanto uma organização adotiva como a Igreja católica. E é ao menos plausível que outra organização adotiva e autoritária, o Partido Comunista russo, venha a ter uma história semelhante. Caso se solidifique em uma classe, como alguns observadores acreditam que já esteja ocorrendo, então se transformará e se desenvolverá como as classes sempre o fazem. No entanto, se continuar a cooptar seus membros de todos os extratos da sociedade, e então orientá-los de acordo com a mentalidade desejada, poderá manter sua forma quase inalterada por gerações e gerações. Em sociedades aristrocratas, o aristocrata excêntrico é uma figura familiar, embora o comissário excêntrico seja quase uma contradição em termos.

Algo errado

Embora Eliot não empregue esse argumento, ele afirma que até mesmo o antagonismo entre classes pode ter resultados benéficos para a sociedade como um todo. Talvez uma vez mais tenha razão. Embora, ao longo do livro, tenha-se a impressão de que algo está errado, e que ele próprio está ciente disso. O fato é que o privilégio de classe, como a escravidão, de certo modo deixou de ser defensável. Ele entra em conflito com pressupostos morais que Eliot aparenta compartilhar, mas dos quais pode intelectualmente discordar.

Ao longo de todo o livro, sua atitude é notadamente defensiva. Quando se acreditava profundamente nas distinções de classe, não se achava necessário reconciliá-las quer com justiça social, quer com eficiência. A superioridade das classes dirigentes era tida como auto-evidente, e, em todo caso, a ordem vigente fora proferida por Deus. O Milton sem voz e sem glória*, es-

* Referência a uma das mais famosas elegias da língua inglesa, *Elegy Written in a Country Churchyard* (1751), na qual Thomas Gray (1716-1771) reflete sobre a morte de gente humilde e anônima. [N.T.]

quecido em um cemitério de aldeia, era um triste episódio, embora irremediável do lado de cá da campa.

Mas de modo algum isso é dito por Eliot. Ele gostaria, segundo alega, que tanto as classes quanto as elites subsistissem. Que fosse normal para um ser humano comum atravessar a vida em seu nível social predeterminado, mas, por outro lado, que pudesse o homem digno progredir por meio do trabalho justo. Com isso, Eliot parece quase abrir mão de toda sua argumentação. Pois, se as distinções de classe são por si só desejáveis, então o desperdício de talento ou a ineficiência nas altas esferas são comparativamente desimportantes. As pessoas desajustadas, em vez de se moverem para cima ou para baixo, deveriam aprender a se conformar a seu próprio extrato social.

Pessimismo

Eliot não o afirma: de fato, pouquíssimas pessoas em nossos dias o abraçariam. Parece moralmente ofensivo. Provavelmente, portanto, Eliot não acredite nas distinções de classe, como faziam nossos avós. Sua aprovação deve ser vista em contraponto. Ou seja, ele não entende como uma civilização desejável possa sobreviver em uma sociedade onde as diferenças advindas da origem social ou geográfica foram removidas.

É difícil oferecer-lhe uma resposta positiva. Em todos os aspectos as velhas distinções sociais desaparecem em toda parte porque se destrói sua base econômica. Talvez novas classes estejam surgindo, ou talvez estejamos diante de uma verdadeira sociedade sem classes. Ele pode ter razão, mas em alguns pontos seu pessimismo parece exagerado. "Podemos afirmar com certa convicção", afirma ele, "que nossa própria época é decadente; que os padrões de cultura são mais baixos do que há 50 anos; e que esse declínio é evidente em cada instância da atividade humana".

Isso parece verdadeiro quando se pensa nos filmes de Hollywood e na bomba atômica, no entanto menos verdadeiro caso se pense nos trajes e na arquitetura de 1898 ou em como a vida era então para um trabalhador desempregado no East End de Londres. Em todo caso, como o próprio Eliot confessa no início, não podemos transformar a tendência atual com ação consciente. As culturas não são fabricadas, elas se desenvolvem a seu bel-prazer. Será demais esperar que a sociedade sem classes secrete sua própria cultura? E antes de descartarmos nossa própria época como irreversivelmente arruinada, não valeria a pena relembrar que Matthew Arnold, Swift e Shakespeare – para voltarmos apenas três séculos – estavam todos igualmente certos de que viviam em um período de declínio?

Índice remissivo

A

África, 104, 224
África, norte da, 25-30, 208
agricultura, 98, 135, 166
Alemanha: ocupação aliada, 78, 86, 89-96; disposição para a guerra, 70-3; Baviera, 70-6; refugiados, 68-77, 96-8; fracassada invasão da Inglaterra, 44-5; queda de Stuttgart, 76-8; Primeira Guerra Mundial, 147-8; escassez de alimentos, 69-70, 92-8; guerra mecanizada, 113; ocupação da França, 48-52, 55-6; Colônia no pós-guerra, 61-4; reconstrução pós-guerra, 66-7; prisioneiros de guerra, 74-5, 86-9, 208-10; tema da reparação, 66-7; e a Guerra Civil Espanhola, 40-1; rendição, 85-6; danos da guerra, 65-7, 74-5
Alexandre II, czar, 219
alistamento, 45-6
Allen, C.K., *Democracy and the Individual*, 133-5
América do Sul, 125, 132
anarquismo, 223
anti-semistismo, 137-8
árabes, 25-30
Argélia, 58
aristocracia, gosto literário, 160-2
artesãos, 166-7
Ásia, 104, 141, 172, 224
Atlas, montanhas, 25-7
Áustria, 86-93, 95

B

bairros miserávies (Londres), 42-4
Balogh, Thomas, 153
Balzac, Honoré de, *Nine Tales from les Contes Drolatiques*, 197-9
Barcelona, 187, 209
Barrès, Philippe, *Charles de Gaulle*, 113-5
Barzun, Jacques, *Romanticism and the Modern Ego*, 168-71
bascos, 39-40
Baudelaire, Charles, 191-3
Bavária, 89
Bazaine, François, 59
Bélgica, 63, 96
Belloc, Hilaire,126, 153
Berlim, 86
Bernal, J.D., 153
Bernanos, George, *Plea for Liberty*, 213-6
Beveridge, lorde, 37
Blaisot, general, 60
Blake, William, 177
Blouault, M., 48
Blum, Léon, 84-5
Boccaccio, Giovanni, 197-9
Boileau, Nicolas, 170
bombardeio, Segunda Guerra Mundial, 65-7
Borkenau, Franz, 153
Bridges, Robert, 184, 186
Brogan, Colm, *The Democrat at the Supper Table*, 210-2
Brogan, D.W., *The American Problem*, 180-1
Browning, Elizabeth, 219
Browning, Robert, 198, 220
Brumwell, J.R.M., *This Changing World*, 152-5
Bruxelas, 66
Budapeste, 67
Burton, Jean, *Heyday of a Wizard*, 219-21
Byron, lorde, 151, 169

C

capitalismo, 8; fascismo e, 124-6; *laissez-faire*, 136, 146-8, 211-2; o status dos escritores sob o, 161-2
Carlyle, Thomas, 142, 170
Casablanca, 26-9
Casanova, Giacomo, 109
Chaplin, Charlie, 151
Chesterton, G.K., 111, 164, 210-2
China, 60, 172-6
Chorley, K.C., *Armies and the Art of Revolution*, 130-2
Churchill, Winston, 43
ciência, 152-3, 172-3
civilização: sistema de classes e, 226-30; declínio da, 139-42, 156-8
classicismo, 160-1, 168-70
Clemenceau, Georges, 49
clericalismo, intolerância do sectarismo francês, 51-6
colaboradores, 69-70, 113-5
Collins, Wilkie, 202
Colônia, 61-4, 66-7
Cominform [Comitê Comunista de Informação], 99
comunismo, 8; na França, 55-7, 79-83, 119-22; na Rússia, 99-103, 227-8; Guerra Civil Espanhola, 40-1; campos de concentração, 69-70, 187-9
Conferência de San Francisco (1945), 80-3, 86
Conrad, Joseph: *The Nigger of the Narcissus, Typhoon and the Shadow Line*, 194-7
Cracóvia, 67
crianças "selvagens", 41-5
crimes de guerra alemães, 94-5
Cripps, sir Stafford, 24
cristianismo, 141, 143-4, 152-3, 164-5, 176-7, 191-3
Cromwell, Oliver, 149-52
Crookes, sir William, 219
Cruz Vermelha, 75
cultura, sistema de classes e, 225-30

D

D'Ydewalle, Charles, *An Interlude in Spain*, 187-90
Daily Express, 208
Daladier, Édouard, 27-30
Darlan, almirante, 28-30
Darlington, dr., 153
De Gaulle, Charles, 10, 55, 84-5, 121; biografia, por Barrès, de, 113-5; e a rendição alemã, 85-7; e a Indochina, 48-50, 57-60
De Quincey, Thomas, 116
Defesa Civil, 36
Delbos, Yvon, 84
democracia, 23-4, 50-1, 133-5
desemprego, 35-7
desmobilização, 35-7
Dickens, Charles, 109-11, 200-3
Disraeli, Benjamin, 135-7
Doenitz, Karl, 94-5
Donne, John, 184
Doriot, 27-30
Dostoiévski, Fiodor, 151; *Os Irmãos Karamázov*, 205; *Crime e castigo*, 204-5
Dreiser, Theodore, 153
Drummond, J.C., 155
Dundas, Lawrence, *Behind the Spanish Mask*, 127-9

E

economia: orçamento de 1942, 24-5; reconstrução pós-guerra, 35-8, 66-7
educação: subsídios do Estado francês às escolas católicas, 53-4
eleições: França (1945), 80-3
Eliot, T.S., 169; *Notes towards the Definition of Culture*, 226-30
Elizabeth I, rainha da Inglaterra, 149
escravidão, 97, 150, 212
escritores: e política, 164, 222-3; prestígio dos, 222
Espanha, 187-90
espiritismo, 219-21

Essen, 67
Estados Unidos da América, 180-3; Guerra Civil, 150-1; e a Alemanha pós-guerra, 60-4, 68-9, 72-3, 89-96; escravidão, 150-1
Eugênia, imperatriz, 219
exército inglês, 35-7, 45-6, 113-5
Exército suíço, 132
Exército Vermelho, 75, 132

F

fascismo, 8, 99, 123-6; anti-semitismo, 8, 138-9; queda da França, 119-21; e militarismo, 124-5; ascensão de Hitler, 142; Guerra Civil Espanhola, 40-1
Fischer, Louis, *Gandhi and Stalin*, 224-7
Fisher, James, 155
Flaubert, Gustave, 10, 204
Fleg, Edmond, *Why I am a Jew*, 137-9
Foch, marechal Ferdinand, 49
forças armadas, relação com a sociedade, 130-2
formigas, 216-8
França libertada, 113-5
França, 9, 63; sentimento antibritânico na, 82; biografia de De Gaulle por Barrès, 113-5; Partido Comunista, 55-6, 79-83, 119-22; refugiados, 68-72, 96; queda da, 119-24, 213-5; e a queda de Stuttgart, 76-8; políticos libertados retornam à, 84-6; ocupação alemã, 48-52, 55-6; e a rendição alemã, 85-7; e Indochina, 57-60; colônia marroquina, 25-30; Frente Popular, 82-3, 117-21; disposição no pós-guerra, 79-83; movimento de resistência, 55-6, 79-80, 207-8; revolução, 132, 150-1, 170-1, 214-5; sectarismo, 51-6; subsídios estatais para escolas católicas, 53-4
France, Anatole, 198
Franco, general Francisco, 39-41, 125, 127-9, 187-90, 214-5, 218
Frente Popular (França), 82, 117-21

G

Gandhi, Mahatma, 224-5
Gardner, W.H., *Gerard Manley Hopkins*, 184-6
Garnett, Constance, 204-6
Garratt, George, 195
gaullismo, 122
Gibraltar, 28
Gill, Eric, *In a Strange Land*, 169-9
Goebbels, dr. Joseph, 162
governo de Vichy nas colônias francesas, 58
Grécia, 80-3, 95-6
Greene, Graham, 223
Guarda Civil, 45-7
Guerra Civil Americana, 150-1
Guerra Civil Espanhola, 8, 39-41, 132, 187-9
Guerra Civil Irlandesa, 130

H

Haldane, J.B.S., 154
Hamburgo, 67
Haskins, Caryl P., *Of Ants and Men*, 216-8
Hayek, F.A., *The Road to Serfdom*, 146-8
Heidelberg, 74
Heilbronn, 76
Hemingway, Ernest, 109
Herriot, Édouard, 84-5, 121
Herzen, Alexander, 223
hinos, 223
Hitler, Adolf, 51, 95-6, 126, 148, 156-7, 189; morte, 79; linha descendente, 151; ascensão ao poder, 113-5, 142; e a Guerra Civil Espanhola, 40-1
Home, Daniel Dunglas, 219-21
Hopkins, Gerard Manley, 184-6
Housman, A.E., 169
Howitt, William, 220
Hsiao Ch'ien: *The Dragon Beards versus the Blue Prints*, 172-6
Hulton, sir Edward: *The New Age*, 31-4
Huxley, Julian, *On Living in a Revolution*, 152, 154

I

Ibsen, Henrik, 175
Igreja católica, 51-3, 156-7, 184-6, 191-3, 227-8
imperialismo, 57-60, 147
Índia, 157-8
Indochina, 10, 50, 57-61
indústria: Eric Gill sobre, 164-7; nacionalização, 37-8; o socialismo na visão de Oscar Wilde, 103-6
Inglaterra: ocupação da Alemanha pelos aliados, 89-98; sentimento antibritânico na França, 82-3; como uma democracia, 133-5; Guarda Civil, 44-8; imperialismo, 57-60; Guerra Civil Irlandesa, 130; orçamento de 1942, 24-6; eleições gerais de 1945, 98; sentimento público pós-guerra, 21-6, 35-8
intelectuais, 142
Irlanda, 165
isolacionismo americano, 182
Itália, 40-1, 66, 207-9

J

Jackson, T.A., 111
Jamaica, 59
Japão, 124, 130-1; e Indochina, 60; Segunda Guerra Mundial, 37
Johnson, dr. Samuel, 169
Jones, David, 167
Jouhaux, Leon, 84
Joyce, James, 10, 112, 184, 204
judeus: anti-semitismo, 137-9; Gandhi sobre os, 225
Juventude Hitlerista, 61-4

K

KGB, 125
King-Hall, comandante Stephen, 102
Kingsley, Charles, 198-9
Kingsmill, Hugh, *The Poisoned Crown*, 149-51
Kipling, Rudyard, 109-12, 142
Koch, Paul de, 119
Koestler, Arthur, 153, 223
Kropotkin, príncipe Pedro, 223

L

La Rocque, 56
Lane, Homer, 43
Lansbury, George, 55
Laski, Harold: *Reflections on the Revolution of Our Time*, 123-6
Lawrence, D.H., 184, 198
Le Populaire, 84
Lênin, 100
Leningrado, 67
Leon, Derrick, *Tolstoy: His Life and Work*, 143-5
Lévy, Louis, *France is a Democracy*, 119-22
liberdade, 147, 169-71
Líbia, 29
Liddell Hart, Basil, 130
Lincoln, Abraham, 149-51
literatura: gosto literário, 160-3; relação com a sociedade, 222-3; *ver também* romances; poesia
Londres: eleições gerais de 1945, 98; transporte, 172-3; "crianças selvagens", 42-4
Luís XIV, rei da França, 169
Lutero, Martim, 138
Lytton, Edward George Bulwer, 219

M

Macmurray, John, 153
Madagáscar, 59
Madri, 40
Mallorca, 129
Mandalay, 116
Mannheim, Karl, 153, 227
máquinas, 103-6, 166-7, 172-5
Maria I, rainha da Inglaterra, 149

Marne, rio, 66
Marrocos, 9, 25-30, 58
Marx, Karl, 99-101, 112, 134
marxismo, 32, 133, 169
Mass Observation, 35-8, 137
médiuns, 219-21
Millar, George, *Horned Pigeon*, 207-9
Milton, John, 176-9, 228
Ministério da Informação, 162
Moore, George, 198
moradia, 66-7
moral, declínio da, 140-2
Morgan, Edwin, *Flower of Evil: A Life of Charles Baudelaire*, 191-3
Morris, William, 105-6, 167
Mosley, sir Oswald, 37
Mountbatten, lorde, 60
movimento de resistência, 55-6, 79-80, 207-8
Mumford, Lewis, 153
Munique, crise de (1938), 27
Mussolini, Benito, 189

N

nacionalização, 35-7
Nações Unidas, 28, 78
Napoleão I, imperador, 149-51, 168-70
nazistas, 90, 127; na Bavária, 72-5; e o final da guerra, 61-4, 72-3, 89-90; socialismo e os, 146-7
Neckar, rio, 75-7
Negrin, dr., 39-40
Neill, A.S., 43
Newman, Henry, 223
Nietzsche, Friedrich Wilhelm, 151
Noé, 151
Noyes, Alfred, *The Edge of the Abyss*, 140-2
Nuremberg, 73

O

Odessa, 67
ópio, 116-8

P

pacifismo, na França, 48-50
Paneth, Marie, *Branch Street*, 42-4
Paris, 52-3, 79-82, 85, 119, 121
Partido Social Français, 56
Partido Conservador, 40-1, 98, 136-7
Partido Republicano (EUA), 182
Partido Trabalhista e antiimperialismo, 58
patriotismo, 45-6
patrocinadores literários, 161-4
Peace Pledge Union [organização pacifista inglesa], 167
Peers, E. Allison, *Spain in Eclipse 1937-1943*, 127-9
Perugini, sra., 110
Pétain, marechal Henri, 54-60, 80, 82-5, 121, 125, 174, 209, 213, 215
Petrônio, 198
Picture Post, 31-2
Plazmenatz,John, *What is Communism?*, 99-102
pobreza, 103-5
Poe, Edgar Allan, 203
poesia, 142-4, 162-4, 177-9, 184-6
Polônia, 80-3, 148; refugiados, 69-72, 96-8; reconstrução pós-guerra, 66-7; Segunda Guerra Mundial, 111-3
Pope, Alexander, 169
Pope-Hennessy, Una, *Charles Dickens*, 200-3
Pound, Ezra, 142, 153, 184
Price, Harry, 221
Primeira Guerra Mundial, 113-5, 119-21, 147-8
prisioneiros: livros sobre "fugas", 207-11; Alemanha, 76-8, 86-9; franceses repatriados, 80-1; na Espanha, 187-90; como os alemães tratavam os, 70-2, 74-6
protestantismo, 53-6, 138-9
Proudhon, Pierre Joseph, 223
Prússia Oriental, 92-3

R

Rabelais, François, 197-9
Raine, Kathleen, 153

Read, Herbert, 152
reconstrução pós-guerra, 35-8, 66-7
Reforma, 53-4, 138-9, 198-9
refugiados, 68-77, 87-90, 96-8
Renânia, 68, 74, 94-5
Reno, rio, 66
Reshaping Man's Heritage, 152, 154
Reuters, 60
Revolução Francesa, 132, 150-1, 170-1, 214-5
Revolução Russa, 99-101, 103-5, 123-4, 132
revoluções, 130-2, 179
Reynaud, Paul, 79-86, 113
Robinson, capitão H. R., *A Modern de Quincey*, 116-8
romances, 32-5, 160-1, 200-6, 209-12
romantismo, 168-71
Rousseau, Jean Jacques, 168-70
Ruhr, 74, 94
Ruskin, John, 167, 219
Rússia Soviética: ocupação aliada da Alemanha, 89-95; comunismo, 99-102; refugiados, 69-70, 96, 98; reconstrução pós-guerra, 66-7; prisioneiros de guerra, 74-5, 210; e a Guerra Civil Espanhola, 39-41; stalinismo, 105, 124-6, 224-5

S

Salazar, dr. Antonio de Oliveira, 125
Sanjurjo, 128
satanismo, 193
Saurat, Dennis, *Milton: Man and Thinker*, 176-9
Schacht, Hjalmar, 94
Schucking, L. L., *The Sociology of Literary Taste*, 160-3
Segunda Guerra Mundial, 8-9, 182-3; refugiados, 68-77, 87-90, 96-8; livros sobre "fugas", 207-10; queda da França, 119-24, 213-5; disposições alemãs em relação a, 70-3; Guarda Civil, 45-7; sentimento do público britânico, 23-5, 35-8; Alemanha pós-guerra, 61-4; reconstrução pós-guerra, 35-8, 66-7; danos da guerra, 65-7, 74-5
sessões espíritas, 219-21
Shaef, 88
Shakespeare, William, 144, 160, 230
Shaw, George Bernard, 153, 166, 175
Sibéria, 75, 206
Silone, Ignazio, 223
sistema de classes, 47-8, 225-30
social-democratas, 89-90
socialismo cristão, 89
socialismo, 123-6; na França, 80-2, 85-6; Hayek sobre o, 146-7; visão de Oscar Wilde sobre o, 103-6
Sófocles, 109
soldados, alistamento, 45-6
SS, 73
Stalin, Joseph, 125, 224
Stalingrado, 66
Stapledon, sir R. George, *Disraeli and the New Age*, 133-6
Starkie, Enid, 193
Sterne, Laurence, 198
Storey, Gladys, 109-10
Stowe, Harriet Beecher, 219
Stuttgart, 76-8
Summerson, John, 153
Swinburne, Algernon Charles, 198

T

III exército norte-americano, 75-8
taxa de natalidade, França, 50-1
teatro: chinês, 174-5
Temple, William, arcebispo de Canterbury, 55
Ternan, Ellen Lawless, 110
Thackeray, William Makepeace, 219
Thorez, Maurice, 56
Toeningen, 76
Tolstói, condessa, 144
Tolstói, Liev, 143-4
totalitarismo, 188-90, 224-5; causas do, 149-50; democracia e, 123-4, 152-3;

falsificação da história, 140-1; romantismo e, 168-9; socialismo e, 124-5, 146-8; escritores e, 164
Trachtenberg, Joshua, *The Devil and the Jews*, 137-9
Tratado de Versailles (1919), 49
trotskistas, 49
Túnis, 28

U

ucranianos, 69-71
UNRRA (Administração das Nações Unidas para Assistência e Reabilitação), 96
utopia, 31, 101-6, 149, 223

V

Vallin, Charles, 121
Varsóvia, 67
vício em drogas, ópio, 116-8
Viena, 90, 94
Villon, François, 197
Volkssturm [Guarda Civil alemã], 77
Voltaire, François Marie Arouet de, 170

W

Waddington, C. H., 153
Wang Jen Chiu, 173
Wehrmacht [Exército Alemão], 77
Wellington, duque de, 114
Wells, H. G., 151, 153-4; *'42 to '44. A Contemporary Memoir upon Human Behaviour. During the Crisis of the World Revolution*, 156-9
Whitman, Walt, 185
Wilde, Oscar, 103-6
Wilson, Edmund, *The Wound and the Bow*, 109-12
Wimmelbach, 72
Witts, L. J., 155
Woodcock, George, *The Writer and Politics*, 222-3
Wordsworth, William, 171
Württemberg, 74
Würzburg, 74

Y

Yang Kwang-hsien, 173

Z

Zilliacus, K., *The Mirror of the Past*, 146-50

Este livro foi composto em Garamond
e impresso por Bartira em novembro de 2006.